Mes petites énigmes

W0283198

Les ÉNIGMES de l'été

ADULTES

hachette
ÉDUCATION

Couverture (conception et réalisation) : Hung Ho Thanh
Conception et réalisation de la maquette intérieure : Pascal Guichard

ISBN : 978-2-01-714816-6
www.parascolaire.hachette-education.com

Achevé d'imprimer en mars 2022 en Roumanie par Rotolito Romania
Dépôt légal : avril 2022 - Éditions 01
15/2427/5

Mes petites énigmes

Les ÉNIGMES de l'été

ADULTES

Auteurs
Pascal Guichard
Michèle Lecreux
Clémence Roux de Luze

Illustrateur
Dominique Fages

hachette
ÉDUCATION

Enquête au parking

Il y a une dizaine d'années de cela, il avait fallu des semaines à l'inspecteur Laloupe et à son équipe pour parvenir à retrouver la trace des voleurs qui avaient braqué la banque. Mais, cette fois, ils en étaient sûrs : ils avaient enfin déniché la cachette des malfaiteurs. Sammy, leur chef, n'en était pas à son premier coup, mais, chaque fois, il avait réussi à échapper à la police.

Depuis le petit matin, les policiers entouraient le parking
où les malfrats garaient des voitures volées et maquillées.
Et, parmi elles,il y avait forcément la voiture qui avait servi au hold-up.
Ils attendaient tranquillement que l'un des complices de la bande
vienne la reprendre pour l'arrêter en flagrant délit.
L'un d'eux en profitait pour téléphoner à ses enfants,
un autre lisait le journal du matin et les deux autres discutaient :
– C'est une de ces voitures-là : c'est certain, avait déclaré l'inspecteur ; et je crois bien que je devine laquelle.
– Vous ne pouvez pas le savoir, lui répondit un de ses adjoints.
Les témoins ont seulement vu une auto verte. C'est un peu vague !
– Il faudrait demander son avis à Martin : c'est lui le spécialiste des voitures.
– On lui demandera tout à l'heure. Martin, le matin, il n'y a pas moyen de le déranger avant qu'il ait fini son café et la lecture de son journal.
– Oui, mais nous connaissons bien Sammy. Pour ne pas risquer de se faire arrêter bêtement lors d'un contrôle routier, il utilise toujours une auto parfaitement en règle. Jamais de fausse plaque, jamais de véhicule volé. C'est un malin, Sammy !
– Certes, mais cela ne nous avance pas beaucoup.
– Mais si ! Nous pouvons procéder par élimination. Regardez bien les voitures garées sur ce parking : elles ont toutes des plaques fantaisistes et, parmi les quatre vertes, une seule porte des plaques réglementaires. C'est donc celle de Sammy. Facile !
– Facile ? C'est vous qui le dites...

L'inspecteur Laloupe a raison. Une seule des voitures vertes porte un numéro minéralogique qui semble normal. Laquelle, à votre avis ?

BD 462 VT
AU 422
EN 654 GD
58 LIO
DIR 92 IO
RUG 543 TD
BD 788 KT
ASW 34 62
487 DOT 91
POLICE
POLICE
POLICE
JO DE LONDRES :
HIER SOIR,
LES HANDBALLEURS
FRANÇAIS ONT GAGNÉ
LA MÉDAILLE D'OR

Soyons logiques !

J'ai mis 3 h 20 pour arriver à Paris.
Le voyage vers Rouen m'a pris 2 h 30.
Pour rejoindre Sète, il m'a fallu 2 h 20.

Logiquement, quand arriverai-je à Caen si je pars à midi pile ?

Futoshiki

En vous aidant des indices, remplissez les cases vides de la grille pour que, sur chaque ligne et dans chaque colonne, n'apparaisse qu'une fois chacun des chiffres de 1 à 6.
Les signes < (plus petit que) et > (plus grand que) vous renseignent sur les chiffres des cases voisines.

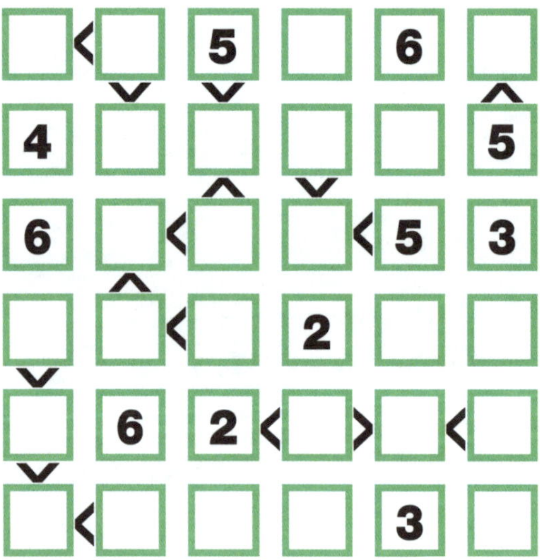

Quiz

Vous avez peut-être croisé des voitures étrangères sur la route.
Savez-vous à quels pays correspondent ces immatriculations ?

BY
Biélorussie ou Belize ?

FL
Liechtenstein ou Finlande ?

RCH
Chine ou Chili ?

CH
Chypre ou Suisse ?

HN
Hongrie ou Honduras ?

ROU
Uruguay ou Roumanie ?

DZ
République tchèque ou Algérie ?

KN
Cambodge ou Groenland ?

ZA
Zambie ou Afrique du Sud ?

Ikonomo

Décodez ce rébus et vous lirez une expression utilisée par les garagistes et les amoureux des belles voitures.

CIL CIL CIL CIL CIL CIL LIGindreNE

Opération codée

Dans cette opération, chaque chiffre est remplacé par une lettre.
Trouvez la valeur de chaque lettre en vous aidant de l'indice.

	P	N	E	U
x				4
R	O	U	E	S

E =   N =   O =   P =
R = 1   S =   U =

Soyons logiques !

À la barrière de péage de l'autoroute, les statistiques ont donné les résultats suivants :
75 voitures venaient de Paris,
69 de Lyon, 67 de Strasbourg,
59 de Lille.

Logiquement, combien de voitures venaient de Marseille ?

Itinéraire touristique

La famille Desbois a décidé de visiter successivement tous les monuments de la ville où elle est en vacances, mais le vieux quartier est un vrai labyrinthe ! Aidez-la à trouver un chemin qui lui permette de photographier tous les lieux repérés sur ce plan et de revenir à son point de départ sans passer deux fois par la même rue.

Sudoku

Remplissez toutes les cases vides pour que tous les chiffres, de 1 à 9, soient inscrits une seule fois horizontalement, verticalement et dans chaque carré de neuf cases.

			9			1		
8			7		4			
4	7	5				9	3	
		7				4		3
2		4	5	6	7			
	8	1					2	7
1						6		
			6			3	8	1
		3		8	5	7		

Chronoquiz

Rangez, dans l'ordre chronologique, du plus ancien au plus récent, ces modèles de voitures qui ont marqué leur époque.

FORD T

DS 19

COCCINELLE

2 CV

CLIO

TRACTION AVANT

TWINGO

4 CV

Message codé

Dans ce code, chaque lettre est remplacée par un panneau routier.
Pour savoir ce que ce gendarme demande à cet automobiliste,
décodez ce message qui contient les mots PERMIS DE CONDUIRE.

B

A Z

?

?

Déduction

Découvrez le code formé par une suite de cinq jerricanes de couleurs différentes. Les chiffres bleus à droite indiquent le nombre de jerricanes bien placés sur la ligne, et les chiffres rouges le nombre de jerricanes présents dans le code mais mal placés sur la ligne.

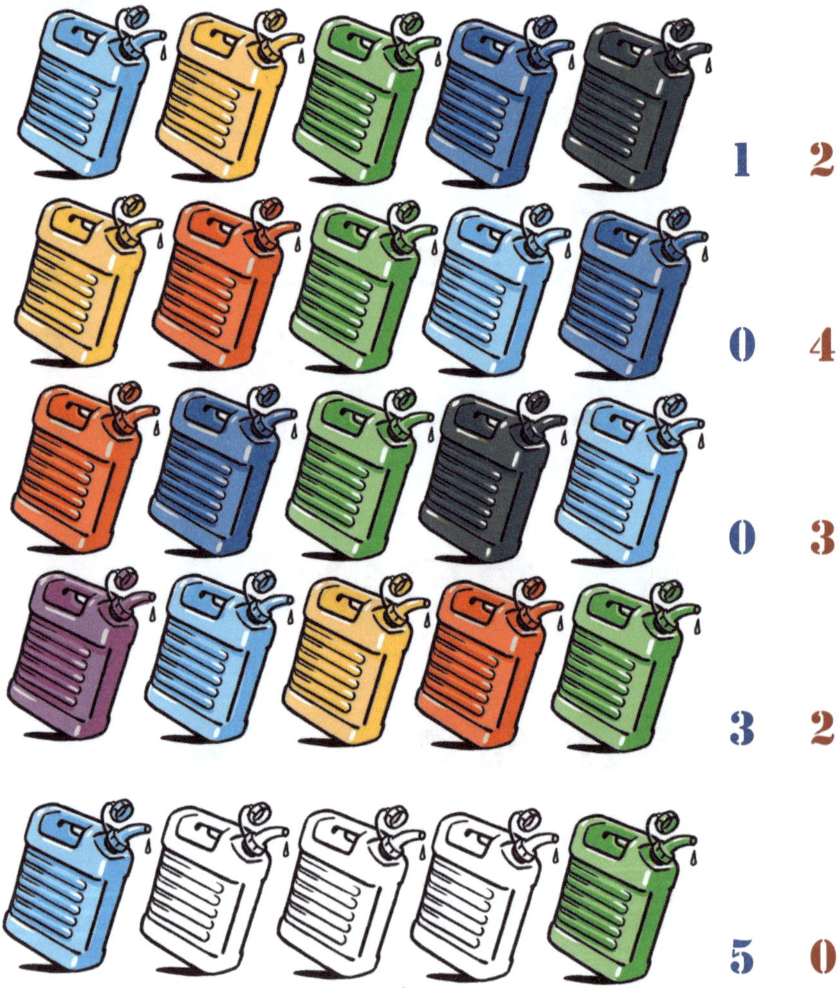

Rébus

Déchiffrez ce rébus et vous lirez un extrait des paroles d'une chanson à la gloire d'une des plus belles routes de France.

Énigme

Trois familles participent à un voyage organisé de trois jours. L'excursion se fera à bord de trois véhicules : un 4 × 4 tout neuf, une voiture de deux ans et une vieille guimbarde. L'organisateur a promis aux Martin qu'ils seraient plus souvent dans un véhicule moderne que les Dubois, tout en assurant aux Dubois qu'ils seraient plus souvent mieux traités que les Meunier, sans oublier de garantir aux Meunier qu'ils seraient, bien sûr, mieux installés que les Martin.

Comment cet organisateur s'y prendra-t-il ?

Parfaits alibis

Ce mercredi matin, l'inspecteur Laloupe avait été appelé d'urgence. Il était accouru sur les lieux pour découvrir un appartement dévasté. Son adjoint, qui était arrivé depuis une bonne demi-heure, avait déjà noté toutes sortes de renseignements sur le calepin dont il ne se séparait jamais.

– Alors voilà, chef : M. Leroux est banquier. Il est le directeur de l'agence, qui se trouve sur la place de la Mairie. Il habite un appartement de fonction, près de son agence ; et a été attaqué ici, chez lui, à 22 h 15, par un homme bien déterminé à lui prendre les clés des coffres de l'agence, afin de vider ceux-ci de leur contenu avant l'heure où les employés arrivent.
– Comment savez-vous tout cela ? Vous êtes devenu un expert en examen de scènes de crime depuis hier, Thomas ?
– Non, chef ! C'est seulement que, quand je suis intervenu, j'ai trouvé M. Leroux ligoté sur une chaise, et avant de s'évanouir, il m'a raconté ce qui lui était arrivé.
Le banquier n'avait pas reconnu son agresseur qui était masqué, mais l'inspecteur avait déterminé que seul un familier du directeur avait pu pénétrer dans l'appartement puisque aucune effraction n'avait été notée.

Il soupçonnait donc un des trois neveux du banquier et les avait interrogés l'un après l'autre :
– J'étais au théâtre, hier soir, avec un collègue.
– Je suis rentré chez moi vers 23 h. D'ailleurs, j'en ai la preuve : j'ai été flashé sur l'avenue de la République à 53 km/h.
Je n'ai jamais été aussi satisfait de devoir payer une amende...
Le troisième s'était contenté de montrer à l'inspecteur son billet de train régulièrement composté qui prouvait qu'il n'était arrivé en ville qu'à 23 h 45. L'inspecteur n'avait besoin de rien de plus pour savoir lequel des trois neveux il pouvait soupçonner.
Thomas, ébloui par la rapidité de cette enquête, préparait le café en attendant que son chef lui dise qui arrêter.

Et vous, avez-vous trouvé lequel des trois alibis est inventé ?

THÉÂTRE
LE FIL À LA PATTE
Relâche le mardi
POLICE
BILLET
Départ 18h45
Arrivée 23h45
EUR 22,00
CONTRAVENTION
53 km/h
POLICE MUNICIPALE
22h56
PLACE 22
ALLÉE 3
THÉÂTRE
LE FIL À LA PATTE
Relâche le mardi

Les collections

Un collectionneur de timbres est un philatéliste – vous le savez.
Mais pouvez-vous décrire la passion des collectionneurs suivants ?

1 Que collectionne un aérophilatéliste ?
Des étiquettes de compagnies aériennes ou des timbres représentant des avions ?

2 Que collectionne un canivettiste ?
Des photos de chiens ou des images pieuses ajourées ?

3 Que collectionne un cartophiliste ?
Des cartes postales ou des cartes à jouer ?

4 Que collectionne un glacophile ?
Des pots de yaourts ou des boîtes de fromage ?

5 Que collectionne un ferrovipathe ?
Des trains électriques ou des fers à cheval ?

6 Que collectionne un notaphile ?
Des factures ou des partitions ?

7 Que collectionne un pétrophiliste ?
Des bidons de pétrole ou des pierres ?

8 Que collectionne un stickophile ?
Des gâteaux d'apéritif ou des autocollants ?

9 Que collectionne un vexillophiliste ?
Des lettres d'injures ou des drapeaux ?

10 Que collectionne un nicophiliste ?
Des paquets de cigarettes ou des autographes de présidents de la République ?

Qui est qui ?

L'inspecteur a convoqué, au commissariat, six clients de la banque qui a été cambriolée.
Deux d'entre eux gardaient des bijoux dans leur coffre, un troisième des timbres rares, un quatrième des pièces anciennes, et deux autres y avaient placé des documents concernant leur entreprise. D'après ces indices, trouvez qui est qui :

– Un seul plaignant est assis entre les deux victimes à qui des documents ont été dérobés.
– Deux plaignants sont assis entre les deux victimes qui ont perdu leurs bijoux.
– Trois plaignants sont assis entre le philatéliste et le numismate installé à l'extrême droite du groupe.

Dans quel ordre sont assis les plaignants ?

Soyons logiques !

Dans cette liste de mots, quel est l'intrus ?

ÉPARGNE • INTÉRÊTS • ÉCONOMIES • SOLDE • TROC • DÉCOUVERT • AGIOS

Pyramide

Inscrivez, sur chaque lingot d'or, un nombre égal au total des nombres inscrits sur les deux lingots inférieurs.

Énigme

Un philatéliste, qui met en vente des albums de timbres, a préparé une affichette pour annoncer la bonne affaire qu'il propose.
Combien d'albums vend-il ?

À VENDRE : ALBUMS DE TIMBRES RARES.
Tous sauf 2 contiennent des timbres datant d'avant 1914.
Tous sauf 2 contiennent des timbres anglais.
Tous sauf 2 contiennent des timbres oblitérés « premier jour ».

L'intrus

M. Leroux collectionne les bijoux anciens et il est devenu un véritable spécialiste dans ce domaine ; c'est pourquoi il a tout de suite trouvé l'intrus parmi ces noms.

Serez-vous aussi rapide que lui ?

DIAMANT • ÉMERAUDE • RUBIS • SAPHIR • TOPAZE

Les pions

Trouvez la bonne place pour chaque pion et vous lirez une citation de Jules Romains qui contient les mots ARGENT et FAIT.

Pour vous aider, quelques pions sont déjà placés.

L' _ _ _ _ N _   _ _

F _ _ _   _ _ S

_ _   _ _ _ _ _ _ _ :

R _ _ _ _ Z - _ E !

A A A B D E E E E E E G P R R H I L L N N N O T T U

Diagosudoku

Remplissez cette grille pour que chaque lettre ne soit présente qu'une seule fois sur chaque ligne, dans chaque colonne, chaque carré de neuf cases et la diagonale colorée. Vous pourrez y lire le nom des confrères du personnage dessiné ici.

B		U		I				R
S				Q		I	N	
							S	U
	I		Q					
		R			A			
	B				I			A
				A		E		
		S						
Q	N			R	U	B		

Ikonomos

Ces deux rébus évoquent la passion des philatélistes et celle des copocléphiles. Que signifient-ils ?

L'album de timbres

M. Lapince a décidé de ranger sa collection de timbres anciens dans son nouvel album.

Il possède 9 timbres anglais rouges, 9 timbres roumains jaunes, 9 timbres français bleus et 9 timbres espagnols verts.

Il a déjà placé 2 timbres de chaque pays sur cette page. Il se demande maintenant s'il peut la partager en quatre zones de même forme qui pourraient recevoir chacune les 9 timbres du même pays sans déplacer ceux qui sont déjà rangés.

Pouvez-vous l'aider ?

Les collectionneurs

Lisez bien les indices et reportez-les dans les cases du tableau en notant O pour « oui » et N pour « non ». Mais attention ! sur chaque ligne et dans chaque colonne de chaque carré de 16 cases, il ne peut y avoir qu'un seul « oui » ; ainsi, si vous avez déjà placé trois « non » sur une ligne ou une colonne, vous pouvez placer un « oui » la quatrième fois. Et n'oubliez pas qu'un même renseignement peut être reporté dans plusieurs cases. Pour vous aider, nous avons décodé le premier indice.

		Collection				Durée				Nombre			
		timbres	autographes	chapeaux	armes	10 ans	5 ans	3 ans	1 an	3 000	1 200	800	500
Prénom	Martin	N				N	N	O	N	N	O	N	N
	Pascal							N			N	N	
	Patrick							N		N	N	O	N
	Jacques							N			N	N	
Nombre	3 000												
	1 200	N						O					
	800												
	500												
Durée	10 ans												
	5 ans												
	3 ans	N											
	1 an												

Indices

1 – Martin, qui n'est pas philatéliste, a rassemblé, en 3 ans, 50 % d'objets de plus que Patrick.

2 – Pascal a rassemblé 500 chapeaux en 1 an.

3 – Jacques n'est pas philatéliste et a commencé sa collection il y a deux fois moins de temps que Patrick.

4 – Martin ne collectionne pas les autographes.

Rébus

Déchiffrez ce rébus et vous lirez une citation de Steven Wright décrivant une collection assez particulière…

Énigme

Audrey collectionne les chaussures. Elle possède 11 paires d'escarpins : 5 paires noires, 4 paires argentées et 2 paires blanches. Lors de son déménagement, ces 11 paires se sont mélangées au fond d'un carton.

Combien de chaussures Audrey doit-elle prendre dans le carton pour être sûre d'avoir au moins 1 paire assortie ?

Tentative d'effraction

Thomas, l'adjoint de l'inspecteur, poussa brutalement la porte du bureau. Il n'aimait pas être en retard.
– Désolé, patron, j'ai oublié de changer l'heure de ma vieille pendule cette nuit… Quoi de neuf ?
– Tentative d'effraction au musée des Beaux-Arts, salle des Antiquités égyptiennes, au premier étage. Apparemment, rien n'a été volé. Le signal d'alarme a fait fuir le ou les voleurs.

L'inspecteur Laloupe avait l'air sceptique.
– Quelque chose vous intrigue, chef ? demanda Thomas.
– Oui, l'heure du délit. Essayer de cambrioler un musée à 7 h du matin me semble, pour le moins, hasardeux : c'est tout juste deux heures avant l'ouverture. Nous avons affaire à un amateur ou quelque chose m'échappe.
Nous interrogerons les trois suspects cet après-midi.

À 15 h, un gardien, une femme de ménage et un laveur de vitres étaient entendus au commissariat :
– Je commence le ménage tous les matins à 6 h 30. Aujourd'hui, j'avais un peu de retard : j'ai eu du mal à me lever. Quand l'alarme a sonné à 7 h, j'arrivais juste au premier étage où j'ai vu le gardien.
– Je prends mon service à 7 h, expliqua ce dernier. J'ai ouvert la porte arrière du musée un peu avant 7 h, avant d'entendre l'alarme. J'ai couru vers l'étage, mais c'était trop tard. Je n'ai vu personne.
– Moi aussi, je commence à 7 h. Quand l'alarme a fait son raffut, j'étais encore sur le parking. Je n'ai vu personne sortir.
On s'est retrouvés ensuite tous les trois au premier étage. Et la police est arrivée rapidement. Le voleur est peut-être resté sur place…
L'inspecteur demanda enfin à chacun de vider ses poches.
Les trois suspects s'exécutèrent immédiatement.
Quand ceux-ci furent partis, Thomas demanda à l'inspecteur si les témoignages l'avaient convaincu.
– J'ai ma petite idée sur la question, Thomas…

Et vous, qu'en pensez-vous ?

15:30

L'intrus

Quel dieu n'a pas sa place dans cette collection ?

Sérapis

Osiris

Toutatis

Isis

Anubis

Futoshiki

En vous aidant des indices, remplissez les cases vides de la grille pour que, sur chaque ligne et dans chaque colonne, n'apparaisse qu'une fois chacun des chiffres de 1 à 6.
Les signes < (plus petit que) et > (plus grand que) vous renseignent sur les chiffres des cases voisines.

		3					<			6
			<							
						4				
				4		3		2	<	
		^								
						1		3		2
				6					<	

Les chefs-d'œuvre

Habitué(e) des musées, vous n'aurez aucun mal à trouver les bonnes réponses à ces questions.

1 Quel peintre français a initié l'école de Pont-Aven ?
Paul Gauguin ou Auguste Renoir ?

2 Quelle œuvre d'art le vitrier italien Vincenzo Peruggia a-t-il volée en 1911 et gardée sous son lit pendant deux ans ?
La Joconde de Léonard de Vinci
ou *Impression, soleil levant* de Claude Monet ?

3 Quelle déesse grecque représente *La Victoire de Samothrace* ?
La déesse Niké ou la déesse Athéna ?

4 Qui a peint *La Liberté guidant le peuple* ?
Henri Fantin-Latour ou Eugène Delacroix ?

5 À quel architecte doit-on l'Arc de Triomphe à Paris ?
Henri-Jacques Espérandieu ou Jean Chalgrin ?

6 Qui a dit : « Quand je n'ai pas de bleu, je mets du rouge » ?
Pablo Picasso ou Henri Matisse ?

7 Quel peintre a beaucoup représenté la montagne Sainte-Victoire ?
Vincent Van Gogh ou Paul Cézanne ?

8 Quel architecte a réalisé le musée des Civilisations de l'Europe et de la Méditerranée (Mucem) à Marseille ?
Jean Nouvel ou Rudy Ricciotti ?

9 Qui a dit : « Qui pense peu se trompe beaucoup » ?
Le Caravage ou Léonard de Vinci ?

Opération codée

Dans cette addition, chaque chiffre a été remplacé par une lettre. Trouvez la valeur de chaque lettre en vous aidant des indices.

Aucune lettre ne vaut 2..

```
   M A R S
+  E R ♥ S
----------
 V E N U S
```

A = E = 4 M = N = ♥ =

R = 8 S = U = V =

Les runes

Dans la salle des Arts premiers du musée, on peut admirer cette pierre gravée de runes :

– C'est amusant, dit une visiteuse : je vois une progression logique entre ces trois gravures.

– Ah ? répond son compagnon. Et quelle serait la quatrième image de cette suite logique ?

Laquelle de ces runes complète logiquement la série des trois autres ?

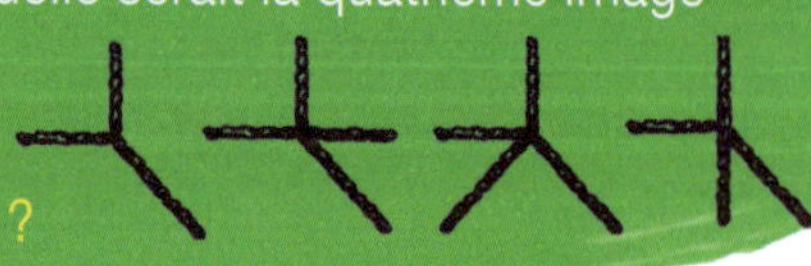

Le faussaire

Il n'est pas toujours facile de copier une œuvre d'art connue. D'ailleurs, ce faussaire a commis 7 erreurs en reproduisant celle-ci.
Les voyez-vous ?

Sudoku

Remplissez toutes les cases vides pour que tous les chiffres, de 1 à 9, soient inscrits une seule fois horizontalement, verticalement et dans chaque carré de neuf cases.

	6			7		4	2	
	3	7	8	6				9
9	5	2			4		6	
6				9	1		7	
			4	2		3		
3	2	1			6			4
2			6		7			1
	1			4	9			
	9				3	8		2

Anagrammes

Quels chefs-d'œuvre se cachent derrière ces anagrammes ?

LA MAISON

NEO RACLÉES DE LAPON

Message codé

Dans ce code, chaque lettre est remplacée par un objet.
Décodez ce message qui contient les mots STATUE et MILO.

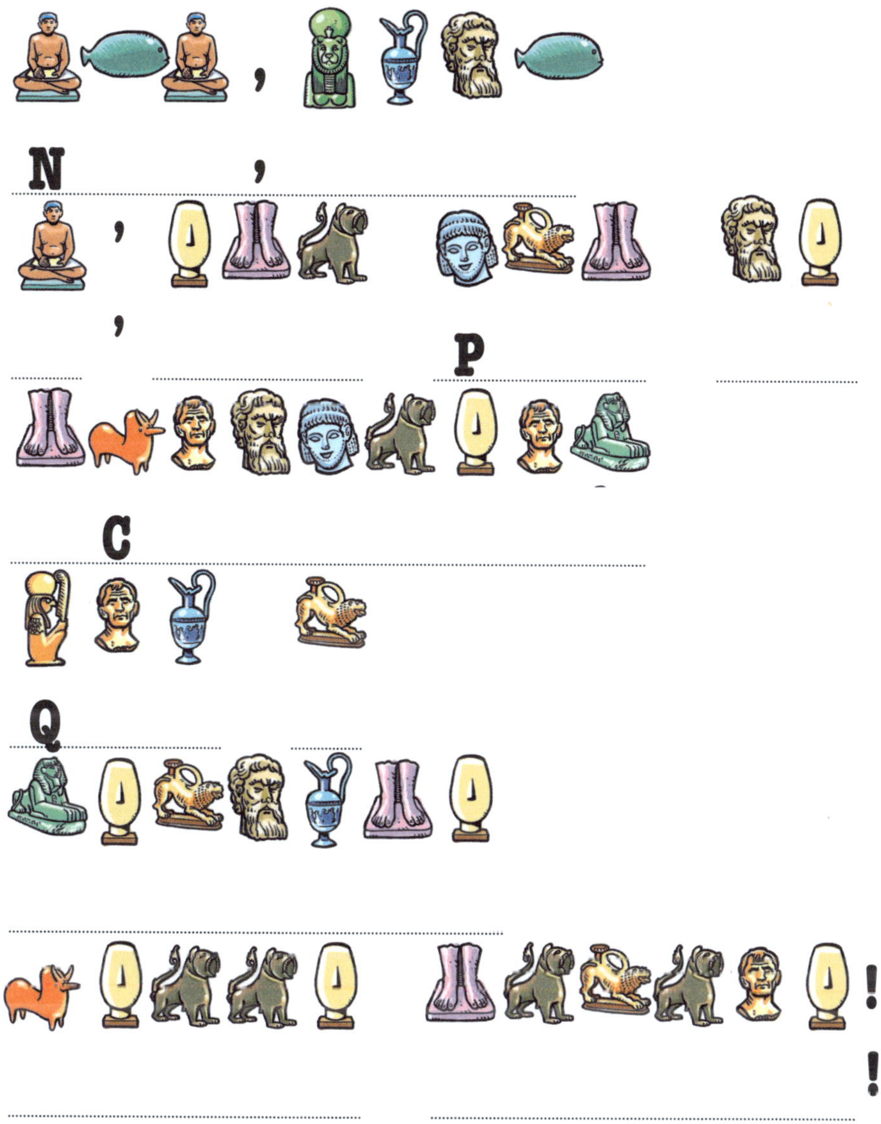

Charade

Mon premier est une note de musique.
Mon deuxième est un grand poète italien.
Mon troisième est une consonne.
Mon quatrième n'est ni aujourd'hui ni demain.
Mon cinquième est le deuxième d'une longue série.
Mon sixième est une couleur.
Mon septième est une vaste étendue d'eau.
Mon tout est un chef-d'œuvre qu'on peut admirer au musée du Louvre.

Carré magique

Quels nombres devez-vous écrire dans les cases vides de cette grille pour que la somme des nombres inscrits sur chaque ligne, dans chaque colonne et les deux diagonales de ce carré soit 175 ?

29	38	5		18		44
25		9	43	31	40	
	33	41	4	28	16	
7	23		10		34	39
12	48		42	2		17
37	1	24		13		35
	11	49	30		3	26

Calcul romain

Cette étrange inscription a été trouvée sur un pan de mur à Pompéi.

– Pfff..., s'amuse un visiteur, la preuve est faite que les Romains ne savaient pas compter !

– À moins, lui rétorque son voisin, que ce ne soient les responsables de ce musée qui aient fait une erreur en installant ce bloc de pierre ?

À qui donneriez-vous raison ?

Rébus

Déchiffrez ce rébus et vous lirez une citation de Picasso au sujet de l'art.

Le concert

L'inspecteur Laloupe avait reçu un appel téléphonique de la directrice de l'Opéra : Cynthia, le premier violon, avait été enlevée. Du rififi à l'Opéra, ce n'était pas courant ! Arrivé sur les lieux, le policier commença ses interrogatoires dans la loge de Cynthia...

Le chef d'orchestre Yvan Nemsky n'avait pas l'air tyrannique mais il fallait se méfier, pensait Laloupe. Il lui demanda de lui présenter les membres de l'orchestre. *Célébrité* rimait avec *rivalité*...
– Il règne une bonne ambiance ici et une vraie solidarité. Je ne pense pas qu'un membre de l'équipe aurait pu mettre la représentation en danger, confia le chef d'orchestre en lui présentant Anita et Tristan, tous les deux seconds violons.
– Je n'ai pas vu Cynthia hier, car je ne suis pas venue aux répétitions. J'étais malade, expliqua la jeune femme.
– Nous avons répété tous les jours de la semaine. Cynthia avait l'air très sereine. Je ne sais pas où elle peut bien être, confia le jeune homme dont les mains tremblaient un peu.

L'inspecteur interrogea ensuite un jeune homme qui jouait du hautbois.
– J'ai trouvé Cynthia un peu nerveuse hier. Elle avait du mal à se concentrer. Elle a même fait des fausses notes : ce qui est rare pour elle. Yvan n'était pas content.
– Et que pouvez-vous me dire sur les seconds violons ?
– Anita et Cynthia ne sont pas les meilleures amies du monde, c'est vrai, mais elles se respectent. Ce soir, c'est Anita qui va remplacer Cynthia. Quant à Tristan, ne le dites pas au chef d'orchestre, mais il est très amoureux de Cynthia. Il la couvre des yeux à chaque répétition. Il doit être très malheureux, jugea le musicien.

L'inspecteur commençait à y voir un peu plus clair. Et vous ?

CYNTHIA
CONCERT
Désolée, ma

Fausses notes ?

Sans faire de couac, trouvez la bonne réponse à chacune de ces questions musicales.

1 Qui a composé *La Symphonie héroïque* ?
Mozart ou Beethoven ?

2 Qui interprète *Les Marchés de Provence* ?
Yves Montand ou Gilbert Bécaud ?

3 Dans quel groupe a chanté Phil Collins ?
Genesis ou The Police ?

4 Qui a composé *Le Barbier de Séville* ?
Gioacchino Rossini ou Giuseppe Verdi ?

5 Combien vaut 1 ronde ?
4 noires ou 4 croches ?

6 Qui a la voix la plus aiguë ?
L'alto ou le soprano ?

7 Qui a chanté *Georgia on My Mind* ?
Ray Charles ou Elvis Presley ?

8 Quelle est la nationalité de Frédéric Chopin ?
Hongroise ou polonaise ?

9 Quel instrument donne le tempo ?
Le métronome ou le diapason ?

10 De quelle nationalité est le chanteur Stromae ?
Suisse ou belge ?

Qui est qui ?

Greg, Pauline, Nat, Tom et Francis sont en pleine répétition pour leur concert qui a lieu dans trois jours.
Rendez sa place à chacun d'après les indices.

- Greg ne joue pas de la batterie et ne chante pas.
- Francis est à la gauche de Pauline.
- Les deux chanteurs ne sont pas du même sexe.
- Pauline joue un instrument à cordes.
- Nat est à la droite de celui qui joue du piano.

La partition

Même sans savoir lire la musique, complétez cette partition pour que les notes se suivent logiquement sur chaque ligne.
Un conseil : si vous savez lire la musique, n'essayez pas de jouer cette mélodie !

Les places réservées

Le soir de la première, c'est un vrai casse-tête de placer les invités d'honneur ! L'attachée de presse essaie de trouver la meilleure solution pour installer ces personnalités :

– Le préfet vient seul.
– Monsieur le maire et son épouse, qui sont un peu en froid, souhaitent être placés l'un derrière l'autre.
– La ministre de la Culture et son secrétaire désirent être assis côté à côte.
– Le directeur du théâtre et ses deux filles veulent trois places les unes derrière les autres.
– Trois conseillers municipaux ont demandé à être installés côte à côte.
– Les trois pompiers, qui ont émis le même souhait, sont déjà disposés sur le plan.

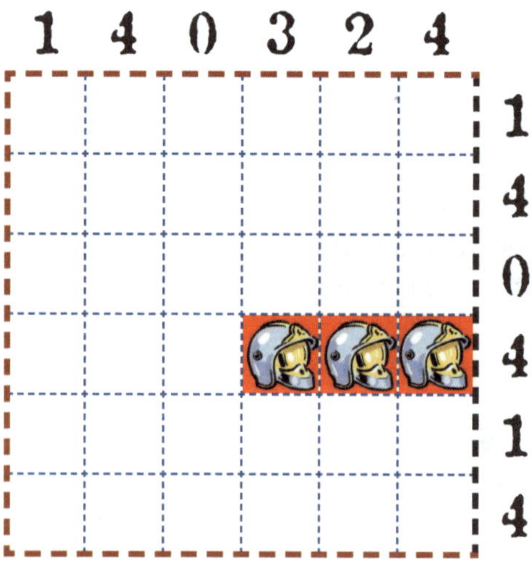

En outre, il est entendu que ces groupes de personnes ne peuvent pas être placés sur des sièges voisins, horizontalement, verticalement ou en diagonale.

Pour vous aider, les chiffres notés autour de la grille indiquent combien de sièges sont occupés, sur chaque ligne ou dans chaque colonne, par des personnalités.

Comment installeriez-vous les invités ?

Les pions

Trouvez la bonne place pour chaque pion et vous lirez une citation de Victor Hugo qui contient les mots MUSIQUE et QUI.

Pour vous aider, quelques pions sont déjà placés.

[ ] [A]   [ ] [ ] [ ] [ ] [ ] [ ] [ ]

[C] ’ [ ] [ ] [ ]   [D] [ ]

[B] [ ] [ ] [I] [ ]   [Q] [ ] [ ]

[P] [ ] [ ] [S] [ ]

E E E E I I L M N Q

R S S T T U U U U U

L’intrus

Trouvez l’intrus parmi ces instruments de musique.

Orgue Luth Trompette

Piccolo Accordéon Vielle

Hautbois Bombarde

Diagosudoku

Remplissez cette grille pour que chaque lettre ne soit présente qu'une seule fois sur chaque ligne, dans chaque colonne, chaque carré de neuf cases et la diagonale colorée. Vous pourrez y lire un mot qui désigne un musicien qui joue d'un instrument à cordes.

B	T					N		
			E					O
								A
		E			B		A	
		S	T	O	A			
	O	J						
			I		N			
		A				I	T	
	S			J				E

Ikonomos

Trouvez les titres de deux chansons qui se cachent derrière ces rébus.

EXTRA
EXTRA EXTRA
EXTRA EXTRA
EXTRA EXTRA

BONHEUR

Les violons

Chaque musicien pense que son instrument est unique. Pourtant, parmi ces 16 violons, 2 sont exactement identiques. Les voyez-vous ?

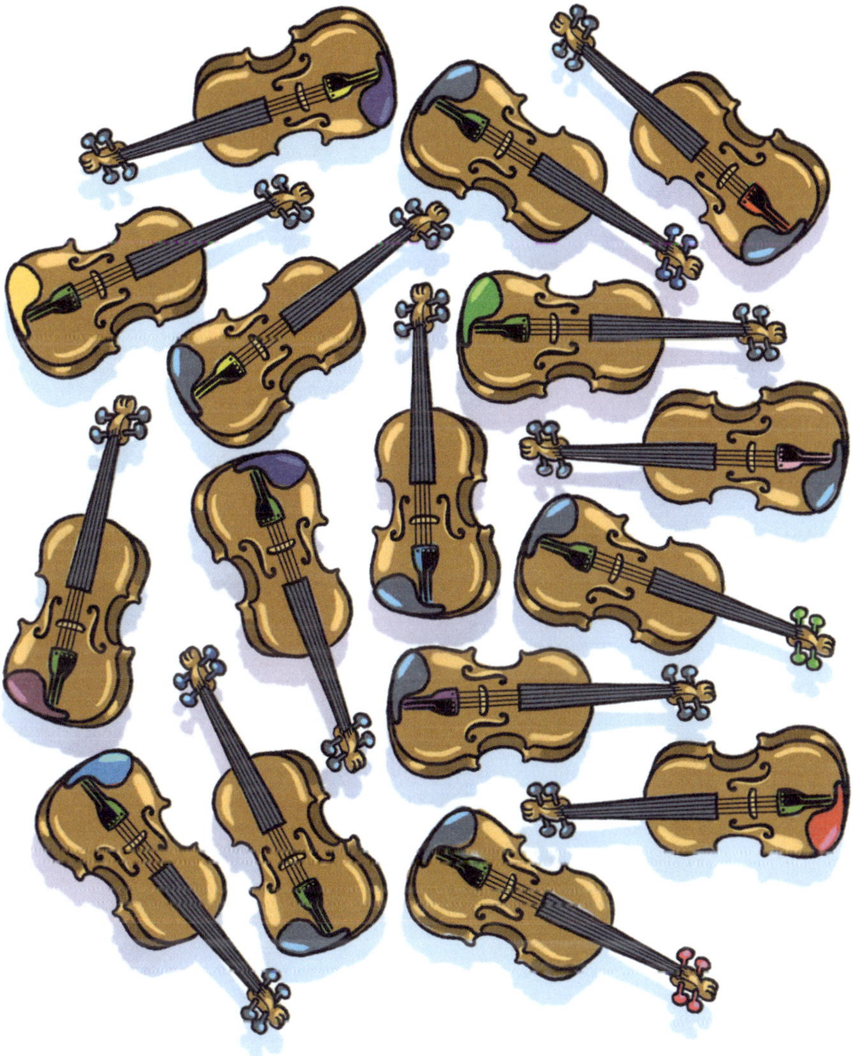

Suite logique

Si vous vous connaissez un peu en musique, il sera facile pour vous de trouver un prénom pour compléter cette suite logique.

Fabien • Dominique •

Solène • .... •

Lara • Michel • Simon

Pyramide

Inscrivez un nombre sur chaque CD de cette pyramide pour qu'il soit égal à la somme des deux nombres inscrits sur les deux CD sur lesquels il est posé.

Qui dit vrai ?

Trois étudiants en musique assistent à la répétition d'un concert. Ils ne sont qu'en première année, et leur oreille n'est pas encore très sûre. Ils écoutent les différents morceaux.

– Je suis certain que le premier morceau était de Schubert, mais j'hésite pour le second.

– Va réviser tes classiques, s'exclame le deuxième. Nous avons entendu un nocturne de Chopin et une sonate de Beethoven !

– Le premier est la *Symphonie en si mineur* de Schubert et le second est de Jean-Sébastien Bach, rectifie le troisième doctement.

Un professeur, passant par là, dit alors :

– Deux de ces étudiants ont raison !

Que faut-il en conclure ?

Rébus

Déchiffrez ce rébus et vous lirez les titres et les compositeurs des deux opéras le plus souvent représentés.

Vol au camping

Depuis que l'inspecteur Laloupe était arrivé au camping des Flots, le directeur ne décolérait pas…
– Vous n'étiez pas obligés de débarquer avec toutes vos sirènes hurlantes ! C'est mauvais pour le commerce.
Mais l'inspecteur avait demandé à Thomas, son fidèle adjoint, de se poster à l'entrée du camping pour empêcher quiconque de quitter les lieux : ce qui n'avait pas calmé le directeur…
– Il est tout à fait inutile d'ennuyer mes clients, insistait celui-ci, Le coffre-fort de mon bureau a été ouvert par quelqu'un qui en connaissait la combinaison ; c'est donc forcément un de mes quatre employés. Et voilà tout !

« Ce n'est pas faux », se disait Laloupe qui se préparait à les interroger.
– L'été, je n'engage que des étudiants étrangers ; ils accueillent les touristes dans plein de langues différentes. Ça donne du standing à mon camping !
Il y avait Conrad l'Allemand qui faisait office de prof de tennis, Marco l'Italien qui gérait la buvette, Paco l'Espagnol qui était maître nageur, et enfin John l'Anglais chargé du standard.

La situation ne s'était débloquée que quand Thomas était revenu avec un touriste qu'il avait intercepté à la sortie du camping. Ce dernier avait déclaré qu'il avait vu une voiture quitter les lieux sur les chapeaux de roue, à l'aube, et qu'il avait même réussi à la photographier !

– Eh bien ! Ce gars-là n'a pas de quoi être fier de ses talents de photographe… Regardez, Thomas : la photo est prise à contre-jour et elle est tellement mal cadrée qu'on ne peut y voir ni la couleur du véhicule ni ses plaques d'immatriculation ! Pourtant, c'est en l'observant que le déclic s'est fait dans la tête de l'inspecteur et qu'il a éliminé trois suspects pour n'en garder qu'un.

Quel a été son raisonnement ?

MARCO
CONRAD
John
Paco

Chronoquiz

Rangez ces sept pays dans l'ordre
où ils ont adopté l'euro comme monnaie.

CHYPRE
GRÈCE
LETTONIE
MALTE
SLOVAQUIE
ESTONIE
SLOVÉNIE

Futoshiki

En vous aidant des indices, remplissez les cases vides de la grille pour que, sur chaque ligne et dans chaque colonne, n'apparaisse qu'une fois chacun des chiffres de 1 à 6.
Les signes < (plus petit que) et > (plus grand que) vous renseignent sur les chiffres des cases voisines.

2	<				>	5		1		
						^				
4	<				<					1
				4			<			
v										
	<				<	2		5		
		v						v		^
					>					
				v		v				
	>		>		>				<	

Délices régionaux

Chaque région de France s'enorgueillit d'une gourmandise locale qu'on déguste avec bonheur. Connaissez-vous celles-ci ?

1 Dans quelle région mange-t-on des œufs brayons ?
En Normandie ou en Alsace ?

2 Quel ingrédient n'entre pas dans la composition de la bohémienne ?
Les tomates, les aubergines ou les courgettes ?

3 Où déguste-t-on la cédratine ?
Dans les Vosges ou en Corse ?

4 Dans quelle ville dévore-t-on un tablier de sapeur ?
À Lille ou à Lyon ?

5 De quelle ville bretonne est originaire le kouign amann ?
Concarneau ou Douarnenez ?

6 Quelle est la spécialité sucrée de Montargis ?
La praline ou le macaron ?

7 Où déguste-t-on la pochouse ?
Dans les Pyrénées ou en Bourgogne ?

8 Comment appelle-t-on l'endive dans le Nord de la France ?
Le chicon ou la catiche ?

9 Où croque-t-on des navettes ?
À Marseille ou à Honfleur ?

10 Où fait-on des chichis ?
À Quiberon ou à Biarritz ?

Opération codée

Dans cette opération, chaque chiffre est remplacé par une lettre.
Trouvez la valeur de chaque lettre en vous aidant des indices.
Aucune lettre ne vaut 7.

```
  AUDE
+ TARN
------
 DROME
```

E = 6 R = 2 A = U = D =
T = N = M = O =

Ikonomos

Trouvez les villes françaises qui se cachent derrière ces rébus.

BBROEUSRSGE

bar

AUBE

Fâcheries

Après le cambriolage qui a eu lieu au camping des Flots, l'ambiance s'est nettement détériorée. Le coupable du vol a été emmené par les policiers, mais les trois autres animateurs, qui avaient été soupçonnés un moment, ont été amenés, pendant l'enquête, à dire chacun tellement de mal des deux autres qu'ils sont maintenant définitivement fâchés !

Aussi, chaque matin, le même scénario se reproduit. Chacun d'eux cherche un parcours qui lui permette d'aller de sa tente à son lieu de travail sans que son chemin croise celui d'un des ses collègues.

Comment s'y prennent-ils ?

Sudoku

Remplissez toutes les cases vides pour que tous les chiffres, de 1 à 9, soient inscrits une seule fois horizontalement, verticalement et dans chaque carré de neuf cases.

			4		9		3	
3	8	5		7	2		1	
9						5		2
6	4			9	1	2	8	
8		7			6		9	
1	2		7	3			5	6
		6					2	
					4			1
	9		8					5

Moitié-moitié

Deux de ces affirmations sur la Bretagne sont vraies et deux sont fausses. Lesquelles ?

1 - Trébeurden est une ville des Côtes-d'Armor.

2 - Robert Surcouf est originaire de Brest.

3 - Sarah Bernhardt passait ses étés à Belle-Île.

4 - La chanson *La Blanche Hermine* a été composée par Alan Stivell.

Message codé

Déchiffrez ce code où chaque lettre est remplacée par un drapeau et vous lirez une citation de Jean Cocteau s'amusant à définir nos voisins transalpins et qui contient les mots ITALIENS et HUMEUR.

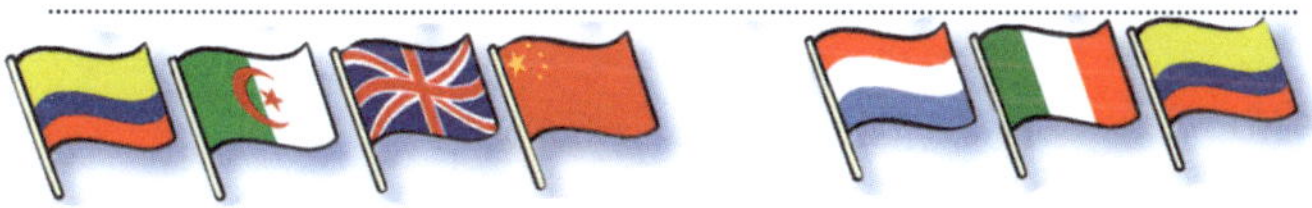

Ç

B

Déduction

Découvrez le code formé par une suite de cinq pièces de monnaie différentes. Les chiffres rouges, à droite, indiquent le nombre de pièces bien placées sur la ligne, et les chiffres bleus le nombre de pièces présentes dans le code mais mal placées sur la ligne.

1	2
1	3
0	2
1	1
1	2
5	0

Rébus

Déchiffrez ce rébus pour savoir ce que Montesquieu disait de l'Europe.

Les anagrammes

Trouvez les anagrammes de ces mots pour découvrir les prochaines villes de vos vacances en France.

MESALLIER

CLUVA

RETINOL

ENTERAS

ABATIS

SCANNE

La plage du mystère

L'inspecteur Laloupe participait à un séminaire de formation aux techniques de la police scientifique organisé dans ce petit port breton ; il ne s'attendait pas à être réveillé au petit matin par Thomas, son fidèle adjoint ! Et c'est ainsi que Laloupe et Thomas en étaient à patauger sur une plage venteuse aux côtés d'un brigadier intimidé.

– Si je vous ai demandé de venir, dit le brigadier Le Floch, c'est que nous ne comprenons rien à ce qui s'est passé cette nuit dans la demeure de la vieille Mme Deschamps.
– Et on ne pouvait pas en parler au commissariat ? grommela Laloupe.
– Non, monsieur ; il fallait vraiment que vous puissiez voir ces empreintes car elles sont l'indice principal de cette enquête.
Et le brigadier expliqua l'imbroglio dans lequel il se trouvait :
– La maison de Mme Deschamps a été visitée cette nuit par un audacieux voleur qui s'est emparé de ses bijoux, et le neveu de la vieille dame a disparu. On pense qu'il a dû se suicider en se noyant car ses empreintes, que vous voyez là sur le sable, mènent de la maison au bord de la mer.
– Ah oui ? s'étonna Thomas. Mais alors, ces autres empreintes qu'on voit ici, à qui appartiennent-elles ?
– On ne sait pas. Elles mènent par là, traversent la pinède et vont jusqu'à la petite route là-bas. Elles appartiennent sans doute à un promeneur qui passait par là.
– Mais quel rapport entre le vol des bijoux et le suicide du neveu ?
– On ne sait pas non plus, monsieur. La vieille dame dit que ce jeune chenapan était criblé de dettes et elle imagine qu'il aurait pu voler ses bijoux pour se refaire…
– Oui ; mais alors, pourquoi se suicider ?
« Tout cela est bien rocambolesque, se dit l'inspecteur Laloupe. J'imagine une explication bien plus simple, moi… »

Et vous, qu'en pensez-vous ?

« Ohé ! du bateau »

Mille milliards de mille baleines ! Prouvez donc que vous n'êtes pas un marin d'eau douce en choisissant la bonne réponse à chacune de ces questions.

1 Comment mesure-t-on la vitesse d'un bateau ?
En nœuds ou en miles ?

2 Quel nom d'animal ne doit-on pas prononcer sur un bateau ?
Le rat ou le lapin ?

3 Quel nœud marin permet de relier deux cordes ?
Le nœud de chaise ou le nœud plat ?

4 Quelle mer traverse-t-on pour aller de Naples à la Sardaigne ?
La mer Ligurienne ou la mer Tyrrhénienne ?

5 Quel pétrolier fait naufrage en 1978 près des côtes bretonnes ?
L'*Amoco Cadiz* ou l'*Exxon Valdez* ?

6 Comment lancer un SOS en code Morse ?
En faisant … --- … ou --- …--- ?

7 Qu'indique un coefficient de 100 pour les marées ?
Une faible marée ou une forte marée ?

8 Quelle course nautique relie la ville de Saint-Malo à la Guadeloupe ?
La Route du Rhum ou la Transat Jacques Vabre ?

9 Quelles îles se trouvent en face de la ville de Cannes ?
Les îles de Lérins ou les îles de Port-Cros ?

10 Quelle mer traverse-t-on pour aller de la ville de Cairns en Australie à Vanuatu ?
La mer de Tasmanie ou la mer de Corail ?

Les marins

Sur la goélette *La Franchise*, les marins sont recrutés pour leurs qualités professionnelles mais aussi pour leur honnêteté. Le capitaine y tient beaucoup ! C'est pourquoi, parmi ces quatre matelots, celui-ci n'en a engagé qu'un car il disait toute la vérité.
Les trois autres, qui ont menti, ont été renvoyés illico.

Qui a pu prendre la mer sur *La Franchise* ?

Ikonomos

Trouvez les titres de films qui se cachent derrière ces deux rébus.

AA

CALME

La marina

Cette grille représente le plan de la marina où vous devez placer ces 6 yachts qui occupent 1, 2 ou 3 cases. Ces bateaux ne peuvent pas se trouver sur des cases voisines, même en diagonale, et les chiffres autour de la grille indiquent combien de cases de la ligne ou de la colonne sont occupées par une partie de bateau.

Pour vous aider, le plus petit yacht est déjà placé.

	1	4	2	3	1	3
3						
1						
3						
3						
0						
4						

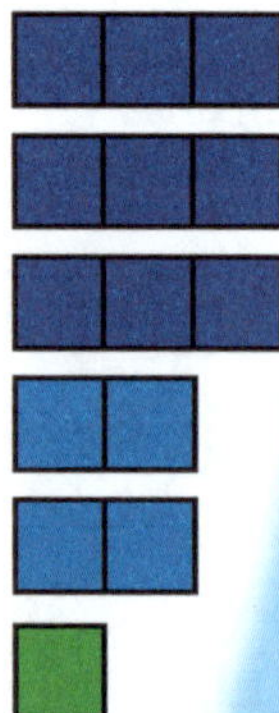

L'intrus

Trouvez l'intrus parmi les navires de la liste.

La Sémillante

La Confiance

L'Éléphant

La Méduse

Le Drummond Castle

Le Titanic

Moitié-moitié

Deux de ces affirmations sont vraies et deux sont fausses. Lesquelles ?

1 - **Titouan Lamazou a, le premier, eu l'idée d'organiser la course du Vendée-Globe.**
2 - **Éric Tabarly est mort au large des Açores.**
3 - **Franck Cammas est originaire d'Aix-en-Provence.**
4 - **Ellen MacArthur a navigué à bord de voiliers appelés *Pen-Duick*.**

Les pions

Trouvez la bonne place pour chaque pion et vous lirez une citation de Baudelaire qui contient les mots MER et TOUJOURS.

Pour vous aider, quelques pions sont déjà placés.

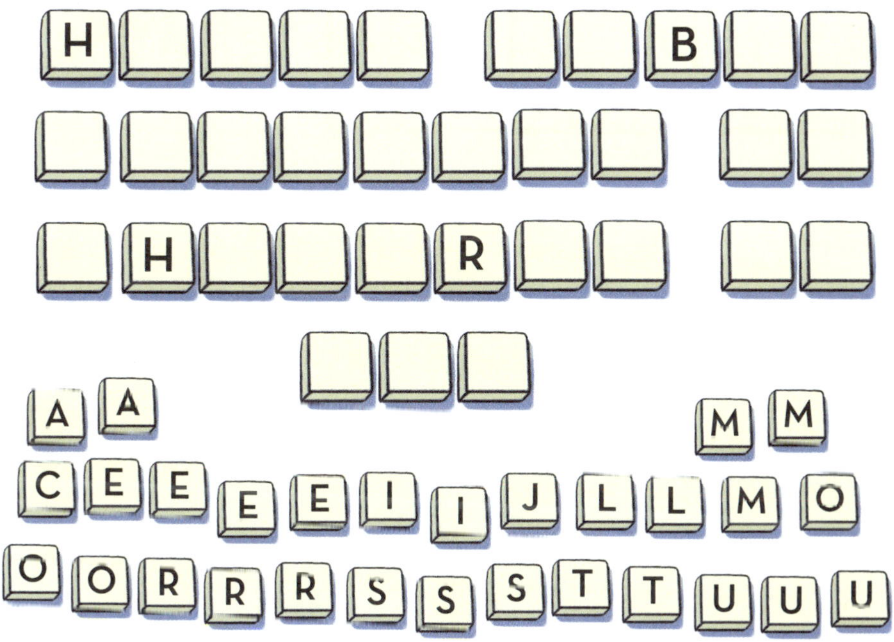

Diagosudoku

Remplissez cette grille pour que chaque lettre ne soit présente qu'une seule fois sur chaque ligne, dans chaque colonne, chaque carré de neuf cases et la diagonale colorée. Vous pourrez y lire un mot qui désigne un crustacé marin qu'on déguste « à l'armoricaine ».

		S				E		
G					N			
						U	A	
	E			A		T		N
T								
S					U		O	
		O	L		E	S		
		E					T	A
					O			

Puzzle

Recomposez les noms de 7 paquebots de légende.

PRESI

TITA

LUSI

TOR

CE

DENT

IMPE

TANIA

LAYA

FRAN

NIC

HIMA

JESTIC

MA

RA

Les grues

Sur le port, des grues aident les dockers à charger des marchandises dans les navires. Pour que l'opération se passe sans danger, il faut toujours bien équilibrer les charges.

Combien de barils devrait-on poser sur la seconde palette de la troisième grue pour équilibrer la caisse ?

Les pêcheurs

Lisez bien les indices et reportez-les dans les cases du tableau en notant O pour « oui » et N pour « non ». Mais, attention ! sur chaque ligne, et dans chaque colonne de chaque carré de 16 cases, il ne peut y avoir qu'un seul « oui » ; ainsi, si vous avez déjà placé trois « non » sur une ligne ou une colonne, vous pouvez placer un « oui » la quatrième fois. Et n'oubliez pas qu'un même renseignement peut être reporté dans plusieurs cases. Pour vous aider, nous avons décodé le premier indice.

		Plages				Marées				Pêches			
		plage des Landes	plage du Port	plage des Pins	plage du Rocher	2 mètres	3 mètres	5 mètres	6 mètres	poissons	moules	crevettes	crabes
Prénoms	Marie		N					N					
	Marianne	N	O	N	N	N	N	O	N				N
	Marine		N					N					
	Martine		N					N					
Pêches	poissons												
	moules												
	crevettes												
	crabes		N					N					
Marées	2 mètres		N										
	3 mètres		N										
	5 mètres	N	O	N	N								
	6 mètres		N										

Indices

1 – À la plage du Port, où la mer monte de 5 mètres, Marianne n'a pas trouvé de crabes.

2 – Marine a pêché des crabes sur la plage où la marée est la plus faible, et ce n'est pas la plage des Pins.

3 – Sur la plage du Rocher, la marée est deux fois plus importante que sur la plage des Pins.

4 – Martine a pêché des poissons sur la plage du Rocher et Marianne a ramassé des moules.

Rébus

Déchiffrez ce rébus et vous lirez les paroles d'une chanson de Raoul De Godewarsvelde.

Les croisières

Cinq bateaux de croisière transportent des touristes à travers la Méditerranée. Aujourd'hui, ils font tous escale ensemble en Crète et ont déposé leurs 135 passagers qui vont visiter l'île.

- **57 touristes naviguaient sur le premier ou le deuxième bateau.**
- **60 touristes avaient choisi le deuxième ou le troisième bateau.**
- **56 touristes avaient préféré le troisième ou le quatrième bateau.**
- **72 touristes se prélassaient sur le quatrième ou le cinquième bateau.**

Quel bateau transporte le plus de touristes ?
Lequel en transporte le moins ?

Le tableau volé

L'inspecteur Laloupe et Thomas, son adjoint, venaient d'arriver sur les lieux d'un cambriolage :
– Racontez-nous encore une fois ce qui s'est passé ce matin, monsieur Delapierre, en n'omettant aucun détail.
– C'est bien simple, monsieur l'inspecteur... Je suis arrivé ici hier soir tard et très fatigué. La route avait été longue. Il faut dire qu'emprunter l'autoroute un 31 juillet, ce n'était pas une très bonne idée ! Cette bicoque est une maison de famille où je ne viens qu'en été. J'y conserve tout un tas de vieilleries héritées de mes parents.

– Mais n'est-ce pas imprudent de laisser toutes ces choses de valeur dans une maison vide ?
– Elle n'est pas vide, monsieur l'inspecteur. Un gardien y vit à demeure quand je ne suis pas ici. Mais ne vous faites pas d'idées ! le tableau était encore là sur le mur quand je suis arrivé. Je l'ai parfaitement vu cette nuit. J'ai été réveillé par un bruit vers 7 h ce matin, je me suis levé et, en entrant dans cette pièce, je me suis aperçu que le tableau avait disparu et que la fenêtre était ouverte.

Les yeux de l'inspecteur et de Thomas allaient du mur, où l'absence du tableau était soulignée par un rectangle clair sur la peinture, à la fenêtre, qui avait visiblement été forcée, puis vers les traces de pneus laissées sur la pelouse par un démarrage qui avait dû être très brutal !

– Je me suis approché de la fenêtre et j'ai vu une voiture qui partait en trombe.
– Ah ! Vous avez donc pu distinguer le véhicule de votre voleur ?
– Malheureusement non : il s'est éloigné très vite et, comme j'avais le soleil dans les yeux, j'ai été aveuglé et n'ai pas pu relever le numéro.
L'inspecteur Laloupe regarda alors M. Delapierre avec un œil si soupçonneux que Thomas se dit qu'il avait dû déjà se faire une idée sur ce cambriolage matinal !

Quel détail a attiré l'attention de l'inspecteur ?

Futoshiki

En vous aidant des indices, remplissez les cases vides de la grille pour que, sur chaque ligne et dans chaque colonne, n'apparaisse qu'une fois chacun des chiffres de 1 à 6.
Les signes < (plus petit que) et > (plus grand que) vous renseignent sur les chiffres des cases voisines.

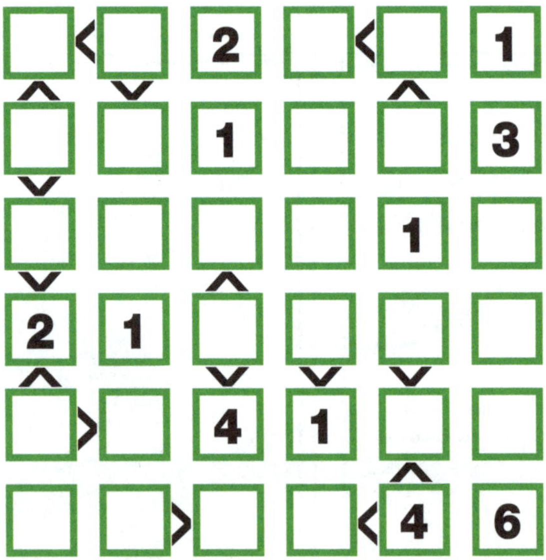

L'intrus

Trouvez l'intrus parmi cette liste de planètes.

Cérès

Pluton

Vénus

Éris

Hauméa

Makémaké

Ciel ! un quiz...

Si vous n'êtes pas trop dans la Lune, il vous sera facile de trouver la bonne réponse à chacune de ces questions.

1 Combien le système solaire compte-t-il de planètes ?
8 planètes ou 9 planètes ?

2 Quelle planète est la plus éloignée du Soleil ?
Mars ou Neptune ?

3 Quelle planète est la plus proche de la Terre ?
Vénus ou Saturne ?

4 Quel est l'âge estimé de la Terre ?
5,7 millions d'années ou 4,6 milliards d'années ?

5 Combien de temps la Lune met-elle pour tourner autour de la Terre ?
364,5 jours ou 29,5 jours ?

6 En quelle année un homme a-t-il, pour la dernière fois, marché sur la Lune ?
En 1972 ou en 1981 ?

7 Combien compte-t-on de constellations ?
12 constellations ou 88 constellations ?

8 Qu'est-ce qu'un taïkonaute ?
Un astronaute chinois ou un astronaute japonais ?

9 Qui a défendu la théorie de la relativité générale ?
Isaac Newton ou Albert Einstein ?

10 Où peut-on voir la constellation de Persée ?
Dans l'hémisphère Nord ou dans l'hémisphère Sud ?

Opération codée

Dans cette opération, chaque chiffre est remplacé par une lettre.
Trouvez la valeur de chaque lettre en vous aidant des indices.
Aucune lettre ne vaut 4.

	M	A	R	S
+ V	E	N	U	S
T	E	R	R	E

N = 8 R = 5 M =
A = S = V =
E = U = T =

Ikonomos

Trouvez les expressions évoquées par ces rébus.

YSOLEUEILX

PÏEDS
TERRE

Les jumelles

Dans l'infini du cosmos, tout peut arriver et il est même possible de voir coexister deux planètes exactement semblables. Les trouvez-vous ?

Sudoku

Remplissez toutes les cases vides pour que tous les chiffres, de 1 à 9, soient inscrits une seule fois horizontalement, verticalement et dans chaque carré de neuf cases.

	8	3			4	5	7	
1	5		2	7		9		8
			8				2	1
3	6		9					
8		9	7	4	5			
					1		8	
9	2				7		4	
6				3				
4	3		5	2	9			

Suite logique

Quelle planète devez-vous inscrire à la fin de cette liste pour qu'elle soit logique ?

Mercure

Terre

Jupiter

....

Message codé

Déchiffrez ce code où chaque lettre est remplacée par un astre et vous lirez une citation de Shakespeare qui contient les mots RÊVE, CIEL et TERRE.

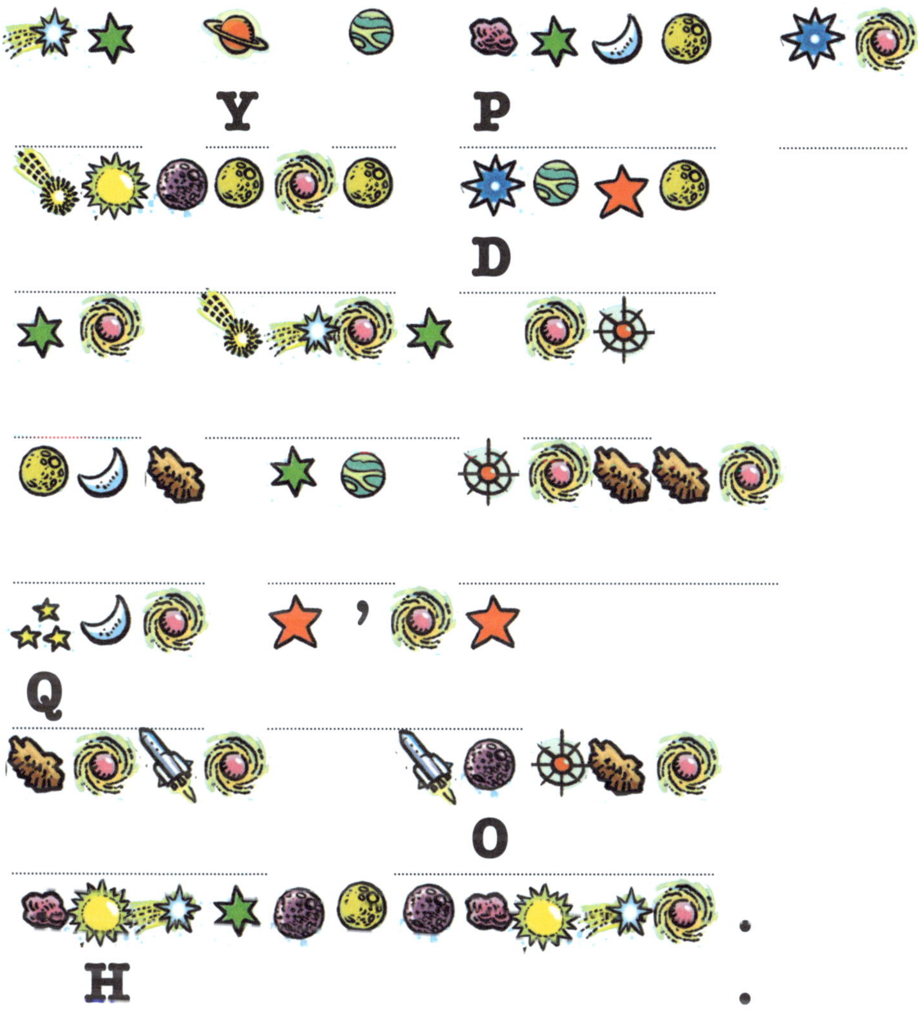

Puzzle

Recomposez les noms de 6 constellations.

Cas

Her Pé

siopée mède phée

gase on

Ori Andro

cule Cé

Carré magique

Quels nombres devez-vous écrire dans les cases vides de cette grille pour que la somme des nombres inscrits sur chaque ligne, dans chaque colonne et les deux diagonales de ce carré soit 175 ?

48	39	3	35	19		22
33		8		46	38	7
25	45	42	5		15	
2			11	24	49	40
	28	47	37	1	34	
36	6		17		26	44
21	12	23		41		31

Rébus

Déchiffrez ce rébus et vous lirez une phrase culte du cinéma de science-fiction.

Énigme

La sonde spatiale a quitté sa rampe de lancement il y a 5 semaines déjà. Chaque semaine, elle parcourt 6 millions de kilomètres de plus que la semaine précédente. En 5 semaines, elle aura parcouru 100 millions de kilomètres. Combien de kilomètres la sonde a-t-elle parcourus la première semaine ?

Laloupe en vacances

Même l'inspecteur Laloupe prend des vacances !
Ce n'est pas parce que les cambrioleurs, voleurs de voitures et perceurs de coffres-forts se reposent en été, non ! C'est seulement que même les meilleurs ont le droit de se reposer un peu.
Oui, mais... Laloupe ne peut pas s'empêcher de repérer des indices ou de dénicher les petits mensonges de ses contemporains.
C'est ainsi qu'en une seule semaine passée dans un petit hôtel, il avait réussi à comprendre que ses voisins n'étaient pas aussi mariés qu'ils le disaient et que le gentil retraité de la chambre 28 devait être un escroc !
Ce monsieur proposait, tous les soirs, une partie de poker aux autres vacanciers et, battant les cartes avec maladresse, demandait innocemment : « On parie quelques sous pour que ce soit plus amusant ? »
Et, bien sûr, le maladroit du début devenait un super-expert qui plumait ses compagnons de jeu…

Laloupe était si fasciné par le vieil homme qu'il avait décidé de le suivre quand celui-ci avait proposé au petit groupe de partager les frais pour louer une voiture et se rendre au château du Mesnil. « Un superbe château fort du XIIe siècle particulièrement bien conservé », avait-il dit.
Et voilà pourquoi ils suivaient une visite commentée par un guide qui ne tarissait pas d'anecdotes sur le Mesnil, « le seul château de la région qui soit encore entièrement dans son état d'époque ».
Les touristes riaient des plaisanteries bien rodées du guide, prenaient des photos et se préparaient à acquérir quelques-unes des babioles proposées dans l'entrée à des prix prohibitifs.
Laloupe, qui était toujours sur ses gardes, avait repéré que, quand le groupe passait de pièce en pièce, le vieux monsieur restait à la traîne et échangeait quelques mots avec l'aimable guide.
« C'est louche, se disait Laloupe. Quelle arnaque ces deux-là ont-ils montée ? »

Oui, c'est louche ; mais l'arnaque n'est pas bien difficile à comprendre, n'est-ce pas ?

Grands monuments

Vous ne les avez peut-être pas tous vus, mais vous les connaissez !

1 Quel monument à Rome est un amphithéâtre, siège de combats de gladiateurs et d'animaux ?
Le Capitole ou le Colisée ?

2 Quel château français « enjambe » le Cher ?
Le château d'Amboise ou le château de Chenonceau ?

3 Où peut-on voir le temple de l'Érechthéion ?
À Athènes ou à Mycènes ?

4 Quel est le plus grand musée de France ?
Le musée d'Orsay ou le musée du Louvre ?

5 Quel « grand homme » figure au Panthéon à Paris ?
Diderot ou Voltaire ?

6 À quel dieu est dédié le temple de Philae en Égypte ?
Horus ou Isis ?

7 Où peut-on visiter la pyramide du Soleil ?
À Mexico ou au Caire ?

8 Quel architecte a fondé le Bauhaus ?
Walter Gropius ou Victor Horta ?

9 Quel roi de France s'est beaucoup investi dans le château de Chambord ?
Saint Louis ou François Ier ?

10 À quel architecte doit-on le musée Guggenheim de Bilbao ?
Jean Nouvel ou Frank Gehry ?

Qui est qui ?

Reconnaissez les silhouettes de ces sept monuments célèbres, puis classez-les du plus haut au moins haut.

Big Ben – Burj Khalifa – CN Tower – Tour Eiffel – Petronas Tower – Empire State Building – Taipei 101

Le temple grec

Les architectes grecs étaient de grands géomètres. Aidez celui qui a dessiné ce plan à transformer la façade du temple en 11 carrés en ne déplaçant que 2 bâtonnets.

Le chantier

Cette grille représente le plan d'un chantier où vous devez placer ces 6 palettes de matériaux qui occupent 1, 2 ou 3 cases. Les palettes ne peuvent pas se trouver sur des cases voisines, même en diagonale, et les chiffres autour de la grille indiquent combien de cases de la ligne ou de la colonne sont occupées par une partie de palette.

Pour vous aider, la plus petite palette est déjà placée.

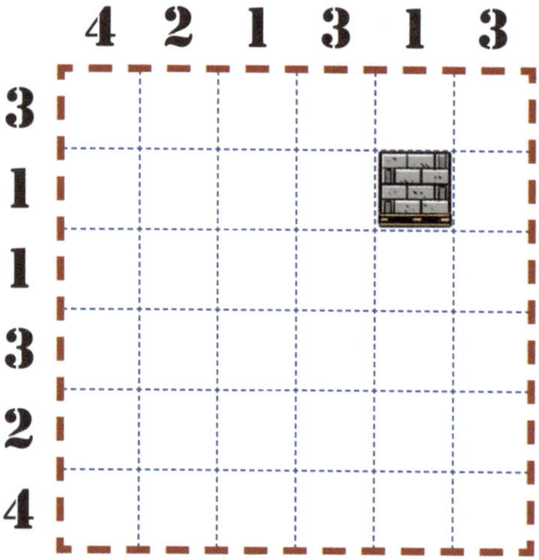

Les plantations

Pour donner envie aux touristes de prolonger leur visite, le directeur du musée a décidé d'aménager le jardin qui se trouve devant l'entrée. Il a fait venir des jardiniers et leur a demandé d'y planter 10 arbres sur 5 lignes droites de façon à ce que chaque ligne compte 4 arbres.

Comment les jardiniers vont-ils s'y prendre ?

Moitié-moitié

Deux de ces affirmations sont vraies et deux sont fausses. Lesquelles ?

1. Ptolémée pensait que la Terre était au centre de l'Univers.

2. Galilée découvrit les satellites de Jupiter.

3. La comète de Halley revient dans notre système solaire tous les 106 ans.

4. Aristote défendait la théorie de l'héliocentrisme.

Les pions

Trouvez la bonne place pour chaque pion et vous lirez une citation de Picasso qui contient les mots MUSEÉ et MOI.

Pour vous aider, quelques pions sont déjà placés.

D _ _ _ _ Z - _ _ _

_ _   _ _ _ _ _

_ _   J _   L _

R _ _ P _ _ _ _ _ !

A E E E E E E E I I I L

M M M N N N O O R S T U U

Diagosudoku

Remplissez cette grille pour que chaque lettre ne soit présente qu'une seule fois sur chaque ligne, dans chaque colonne, chaque carré de neuf cases et la diagonale colorée. Vous pourrez y lire un mot qui désigne certaines églises médiévales.

		U	I		H	T		
S					G			Q
	Q							
		S			O		G	
E	U					H		T
		O						
T	H			U		I	E	
			T					S

L'intrus

Trouvez l'intrus parmi ces châteaux.

Chenonceau

Cheverny

Amboise

Chinon

Azay-le-Rideau

Les jumelles

Deux de ces basiliques sont exactement semblables : les voyez-vous ?

Charade

Mon premier est une sorte de vague rare à Marseille.

Chacun se met à mon deuxième sur une plage marseillaise.

Mon troisième est impersonnel, à Marseille comme ailleurs.

Mon quatrième se croque à l'apéro sous le ciel de Marseille.

À Marseille aussi, les poules pondent mon cinquième.

Mon sixième est « le » ou « la » en anglais prononcé avec l'accent de Marseille.

Mon tout est une œuvre marseillaise de Le Corbusier.

Pyramide

Inscrivez un nombre sur chaque pierre de cette pyramide pour qu'il soit égal à la somme des deux nombres inscrits sur les pierres sur lesquelles il est posé.

Rébus

Déchiffrez ce rébus et vous lirez une loi de Murphy concernant les travaux de construction.

Chronoquiz

Classez ces architectes par ordre chronologique, du plus ancien au plus récent.

Eugène Viollet-le-Duc

Louis Le Vau

Léonard de Vinci

Frank Lloyd Wright

Pierre Lescot

Alexandre-Théodore Brongniart

Un alibi pas très net

Pour un cambriolage, c'était un super-cambriolage ! Il avait fallu un voleur extraordinairement audacieux, assez sportif pour s'introduire dans le musée en escaladant les toits et les cheminées en pleine nuit sous une pluie battante. Le malfaiteur devait aussi posséder des connaissances dans le domaine artistique puisqu'il s'était emparé uniquement des œuvres de valeur et qu'il avait laissé dédaigneusement sur place les croûtes pourtant exposées de manière particulièrement valorisante.

– Et, vois-tu, Thomas, un gars qui fait de la varappe et qui s'y connaît en histoire de l'art, je n'en nommerai qu'un : Jack l'Embrouille !
Mais la garde à vue de Jack ne s'était pas déroulée aussi simplement, que prévu car le suspect avait un alibi qui paraissait extrêmement solide. La nuit du cambriolage, il se trouvait à des centaines de kilomètres du musée : en vacances dans un petit hôtel alsacien avec sa dulcinée.
– J'aurais pourtant mis ma main au feu que c'était lui, maugréait l'inspecteur.
– Oui mais, rétorqua Thomas, il nous a donné les billets de train compostés d'un aller-retour qui prouve qu'il était bien en Alsace ce jour-là.
– Non, Thomas : qui prouve que deux personnes ont pris le train. Il a peut-être fabriqué son alibi en envoyant un complice en Alsace ?
– Et les factures de l'hôtel ?
– Pareil : elles ne prouvent rien. La note a été payée par sa fiancée et l'hôtelier n'a pas demandé ses papiers au couple qui a séjourné chez lui.

L'inspecteur Laloupe avait réponse à tout, mais Thomas lui montra des photos de Jack et sa fiancée qui avaient été postées sur Facebook à peu près à l'heure du cambriolage.
Thomas était sûr que cette dernière preuve allait enfin convaincre son chef, mais pourtant c'est à ce moment-là que Laloupe avait éclaté de rire en disant :
– Eh bien voilà ! Cette fois je sais comment démolir l'alibi de Jack !

Quel indice rend Laloupe si sûr de lui ?

POLICE
NATIONALE
POLICE

Futoshiki

En vous aidant des indices, remplissez les cases vides de la grille pour que, sur chaque ligne et dans chaque colonne, n'apparaisse qu'une fois chacun des chiffres de 1 à 6.
Les signes < (plus petit que) et > (plus grand que) vous renseignent sur les chiffres des deux cases voisines.

3		4	<							
										1
		3								
	>					4				
				v				^		
	>			3		6		2		4
				4						

L'intrus

Trouvez l'intrus parmi cette liste de mots.

POKER SPOILER
BOGUER
KICKER
FLUYER
POUTRER

Spécial *geeks*

Prouvez à vos enfants que vous n'êtes pas un homme préhistorique.

1 Quel clavier utilise-t-on en Allemagne ?
Le clavier QUERTY ou le clavier QUERTZ ?

2 Sur PC, quel raccourci « clavier » utilise-t-on pour sélectionner un texte ?
Ctrl C ou Ctrl A ?

3 Qu'est-ce qu'un MMORPG ?
Un Monstre Mordu par un Orque Résolument Pourri et Géant,
un Massively Multiplayer Online Role Playing Game,
ou une Manipulation Mortelle Originale d'un Récent Programme Gravé ?

4 Sur quel réseau social a été inventé le *hashtag* ?
Facebook ou Twitter ?

5 Que signifie l'abréviation AMHA ?
À Mon Heure d'Arrivée ou À Mon Humble Avis ?

6 Que signifie l'abréviation ASAP ?
Autre Souci À Prévoir ou As Soon As Possible ?

7 Que signifie l'abréviation LOL ?
Laughing Out Loud ou Lost Out Lost ?

8 Qu'utilise-t-on pour stocker à distance les données ?
Le Rainbow ou le Cloud ?

9 Quel réseau social vaut-il mieux utiliser pour chercher un travail ?
Linkedin ou Instagram ?

10 Qu'est-ce qu'une *selfie* ?
Une photo qu'on prend et qu'on partage sur Internet ou un SMS qu'on s'envoie à soi-même ?

Opération codée

Dans cette opération, chaque chiffre est remplacé par une lettre. Trouvez la valeur de chaque lettre en vous aidant des indices.
Aucune lettre ne vaut 8 et W est plus grand que A.

```
      W E B
+ M A I L
---------
  L I K E
```

L = 6 E = 9 W = B =
M = A = I = K =

Moitié-moitié

Deux de ces affirmations sont vraies et deux sont fausses. Lesquelles ?

1. Alexander Graham Bell est l'inventeur du téléphone.

2. Le jeu vidéo *Pong* s'inspire du golf.

3. Alfred Nobel a inventé la dynamite.

4. Un *pure player* sévit dans un seul secteur d'activité.

Quel fouillis !

Sam devrait mettre un peu d'ordre dans ses câbles !
Lequel de ses appareils n'est pas branché ?

Sudoku

Remplissez toutes les cases vides pour que tous les chiffres, de 1 à 9, soient inscrits une seule fois horizontalement, verticalement et dans chaque carré de neuf cases.

		9		1		5		8
					9			
3			8		6	9	1	
	8				3	4		
		4	9				6	5
		7				2		
				7		1	4	2
4	1		6	5	2	3	7	

Sur les réseaux sociaux

Trois copains comparent la taille de leurs réseaux sur Twitter. Leurs pseudos sont Megahobbit, Minihulk et Superpuppet. Celle qui a le plus grand nombre de *followers* n'a ni frère ni sœur et est une fille. Minihulk a un frère. Et Superpuppet est un garçon. C'est une fille qui a envoyé le plus de *tweets* depuis le début de l'année. Quel est le pseudo de celui qui a le plus grand nombre de *followers* ?

Message codé

Déchiffrez ce message et vous lirez une maxime bien connue de tous les réparateurs d'ordinateurs qui contient les mots CLAVIER et PROBLÈME.

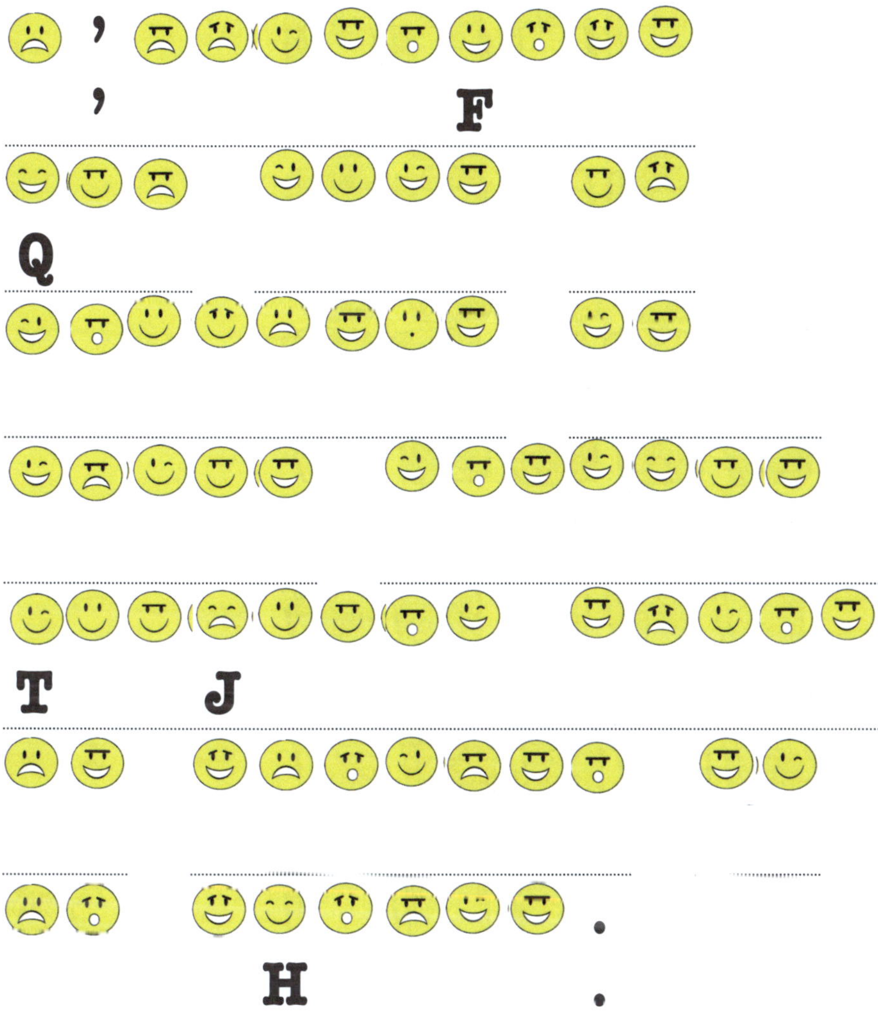

Déduction

Découvrez le code formé par une suite de cinq téléphones de couleurs différentes. Les chiffres rouges, à droite, indiquent le nombre de téléphones bien placés sur la ligne, et les chiffres bleus le nombre de téléphones présents dans le code, mais mal placés sur la ligne.

1	2
0	2
1	3
1	1
2	1

Rébus

Déchiffrez ce rébus et vous lirez une citation de Bill Gates.

Charade

– Mon premier est le premier arrivé en classe
car il loge sur place.
– Mon second est la première personne
que vous rencontrez en arrivant au gîte.
– Mon tout est toujours le premier au courant de
toutes les rumeurs car il passe son temps sur le Web.

La tante à héritage

Ce matin, l'inspecteur Laloupe était de mauvaise humeur ; à peine arrivé au bureau, il avait reçu la visite de l'adjoint du préfet qui lui avait poliment mais fermement « conseillé » de s'intéresser aux déboires de la jeune cousine de l'épouse du préfet.
– J'ai horreur de ce genre de situation, grommelait Laloupe. Quelle perte de temps !
– Peut-être, hasarda Thomas, qu'il n'y a pas de crime ni de vol, mais l'appartement de la vieille a quand même été salement mis à sac, non ?

Laloupe et Thomas avaient, à contrecœur, rejoint la jeune cousine du préfet à une adresse située dans un quartier huppé de la capitale. La demoiselle leur avait fait visiter l'appartement de sa vieille tante et ils avaient constaté qu'il avait été mis à sac.
– Ma tante Sidonie était fort riche. Son père était ambassadeur et il a voyagé dans toutes sortes de pays lointains. Il en a rapporté des quantités de merveilles que ma tante a dilapidées.
Elle est maintenant très âgée et vit dans une maison de retraite. Nous la pensions complètement ruinée, mais, la dernière fois que je suis allée la voir – j'étais avec mes frères –, tante Sidonie m'a confié qu'elle avait gardé un trésor pour moi, ici, dans son ancien appartement.
Je suis sûre que mes frères sont venus ici avant moi et qu'ils ont trouvé le trésor. Ils sont les seuls avec moi à posséder les clés de cet appartement. C'est forcément eux !

L'inspecteur se disait que, si les frères étaient aussi sympathiques que cette donzelle, il n'avait aucune envie de mieux connaître la belle-famille du préfet…
Puis, soudain, il pensa que cette jeune fille et ses frères étaient bien stupides, mais que, pour rien au monde, il ne dirait à cette péronnelle qu'il était certain que le trésor de tante Sidonie était encore ici – et tant pis pour le préfet !

Qu'est-ce qui permet à Laloupe d'être si sûr de lui ?

Grands voyages

Le monde est devenu tout petit à l'heure d'Internet et des voyages en avion. Prouvez que vous le connaissez bien !

1 Quel État américain traverse-t-on pour aller du Colorado au Nevada ?
L'Utah ou le Montana ?

2 Quelle est la capitale du Brésil ?
Brasília ou Rio de Janeiro ?

3 Quel pays traverse-t-on pour aller de Suisse en Hongrie ?
L'Allemagne ou l'Autriche ?

4 Quelle est la capitale du Maroc ?
Marrakech ou Rabat ?

5 Dans quelle ville visite-t-on le musée des Offices ?
Florence ou Rome ?

6 Dans quel pays déguste-t-on la *feijoada* ?
Au Mexique ou au Portugal ?

7 Où mange-t-on des œufs de cent ans ?
En Chine ou en Mongolie ?

8 Quel fleuve traverse la ville de Budapest en Hongrie ?
Le Danube ou la Volga ?

9 Quel fleuve sépare la Russie de la Chine ?
Le fleuve Amour ou le fleuve Baïkal ?

10 Comment dit-on « merci » en Chine ?
Xie xie ou *Arigato* ?

Les valises

Sur le tapis de la salle des bagages de l'aéroport, trois valises semblables ont été oubliées par des touristes qui participent à un voyage organisé.
Le guide qui les accompagne tente de récupérer leurs bagages sans se tromper :

– Après la valise de Pierre se trouve celle du mari de Myriam.

– Avant la valise d'Éric se trouve celle d'Alain.

– Avant la valise du mari de Catherine se trouve celle d'Alain.

– Avant la valise du mari de Myriam se trouve celle du mari de Martine.

Pouvez-vous rendre sa valise – et son épouse – à chaque voyageur ?

Chronoquiz

Rangez, dans l'ordre chronologique, les explorateurs suivants :

Jacques Cartier

Marco Polo

Roald Amundsen

Fernand de Magellan

James Cook

Le port de Shanghai

Cette grille représente le plan de Shanghai où vous devez placer ces 6 jonques qui occupent 1, 2 ou 3 cases. Ces bateaux ne peuvent pas se trouver sur des cases voisines, même en diagonale, et les chiffres autour de la grille indiquent combien de cases de la ligne ou de la colonne sont occupées par une partie de bateau.

Pour vous aider, la plus petite jonque est déjà placée.

	4	0	4	1	3	2
4						
0						
2						
4						
2						
2						

L'intruse

Quel est l'intruse parmi ces îles ?

Sardaigne

Majorque

Lanzarote

Crête

Sicile

Chios

Puzzle

Reconstituez les noms de 10 monnaies utiles si vous voyagez.

BLE PE PATA YU EU LI
AN RO DOL KEL
CA SHE
ROU LAR DI
PIE NAR URE SO ROU

Les pions

Trouvez la bonne place pour chaque pion et vous lirez le titre d'un conte des *Mille et Une Nuits* qui contient les mots SEPT et MARIN.

Pour vous aider, quelques pions sont déjà placés.

L _ _   _ _ _ T

_ _ Y _ _ _ _

_ _   _ _ _ D _ _ D

_ _   _ _ _ _ _

A A A B D E E E E E G I I

L M N N O P R S S S S T V

Charade

Mon premier signifie « tire vers le haut ».
Mon deuxième est un volatile qui vole haut.
Mon troisième signifie « oui » en haut allemand.
Mon quatrième est un passe-temps hautement ludique.
Mon cinquième est un chapeau dont le nom commence par *haut de*.
Mon sixième est en haut de la liste de ce qui nous désespère.
Mon septième est le nom d'un célèbre lac du haut de la Grande-Bretagne.
Mon tout est un proverbe qui parle des bénéfices du tourisme.

Diagosudoku

Remplissez cette grille pour que chaque lettre ne soit présente qu'une seule fois sur chaque ligne, dans chaque colonne, chaque carré de neuf cases et la diagonale colorée. Vous pourrez y lire un mot qui désigne une simple démarche administrative.

F							I	
					A	R		
	I		L	F				
E					T			
		T					M	
		F	R	O	L		E	
R			E		O			F
								M
	M					A		E

Les voyages d'Anatole

Mon oncle Anatole, qui a beaucoup voyagé, a rapporté ces souvenirs qu'il aime admirer. D'après ce qu'il raconte, classez ses voyages par ordre chronologique.

1 – J'ai fait un voyage par an, de 2013 à 2022.
2 – En Égypte et en Australie, j'ai acheté deux souvenirs.
3 – En Inde, au Japon, au Maroc, en Chine, au Mexique, en Angleterre, au Burkina Faso et en Afrique du Sud, je n'ai acheté qu'un seul souvenir.
4 – J'étais en Afrique du Sud en 2018.
5 – J'ai acheté le *didjeridoo* australien deux ans avant la *vuvuzela* d'Afrique du Sud et trois ans après la *sanza* du Burkina Faso.
6 – La théière marocaine est mon dernier achat.
7 – J'ai acheté mes quatre animaux dans l'ordre alphabétique : le chat un an avant le dragon, trois ans avant l'éléphant et cinq ans avant le scarabée.
8 – J'ai acheté la statuette d'un pharaon deux ans avant celle d'une reine.

Les voyageurs

Lisez bien les indices et reportez-les dans les cases du tableau en notant O pour « oui » et N pour « non ». Mais attention ! sur chaque ligne et dans chaque colonne de chaque carré de 16 cases, il ne peut y avoir qu'un seul « oui » ; ainsi, si vous avez déjà placé trois « non » sur une ligne ou dans une colonne, vous pouvez placer un « oui » la quatrième fois. Et n'oubliez pas qu'un même renseignement peut être reporté dans plusieurs cases. Pour vous aider, nous avons décodé le premier indice.

		Dates				Souvenirs				Nombres			
		1930	1950	1960	1970	tapis	vases	bijoux	soieries	1	2	5	6
Touristes	ma tante	O	N	N	N	O	N	N	N	N	O	N	N
	ma mère	N				N		N			N		N
	ma sœur	N				N		N			N		N
	ma cousine	N				N		O			N		O
Nombres	1	N				N		N					
	2	O	N	N	N	O	N	N	N				
	5	N				N		N					
	6	N				N	N	O	N				
Souvenirs	tapis	O	N	N	N								
	vases	N											
	bijoux	N											
	soieries	N											

Indices

1 – Ma tante a fait le voyage le plus ancien et en a rapporté trois fois moins de tapis que ma cousine n'a acheté de bijoux.

2 – Ma mère a voyagé 10 ans après ma sœur qui n'a acheté ni bijoux ni soieries.

3 – Ma cousine est celle dont le voyage est le plus récent. Les bijoux qu'elle a achetés sont superbes !

Rébus

Déchiffrez ce rébus qui résume la pensée de nombreux collégiens.

Les chambres d'hôtel

Arnaud, André et Alfred se sont rencontrés dans un charmant petit hôtel aux abords d'un désert. Ce fut une grande surprise pour ces trois Français qui ne se connaissaient pas !
Sur les vingt chambres, seule la numéro 1 était occupée par un voyageur anglais. En multipliant les numéros des trois chambres occupées par les trois touristes français, Alfred constate qu'il obtient le nombre 36.

Quels sont les numéros des chambres occupées par les trois voyageurs ?

Abus de confiance

On ne comptait plus le nombre de plaintes déposées contre Paulinus. Il se disait médium et offrait ses services à ceux qui voulaient : maigrir, arrêter de fumer, trouver l'amour ou gagner au Loto…
Mais l'habile homme réussissait toujours à passer à travers les mailles du filet. Après tout, ses victimes étaient consentantes.
Or, quand l'inspecteur vit un reportage dans le journal local qui montrait le médium posant fièrement devant une fresque médiévale « découverte » dans le sous-sol de sa maison, il se dit que, là, c'en était trop !
Et il emmena Thomas chez le gourou pour essayer de le confondre.

– Entrez, entrez, cher inspecteur Laloupe. Vous venez admirer ma fresque ?
– Je ne suis pas votre « cher » inspecteur, Paulinus, mais je veux bien admirer votre fresque. Je suis convaincu qu'elle est aussi authentique que vos pouvoirs de médium !
Paulinus entraîna les deux hommes au sous-sol et alluma une discrète ampoule en disant :
– Les couleurs de cette fresque sont très fragiles, et je ne peux pas la laisser exposée trop longtemps à la lumière.
Alors regardez bien, mais regardez vite !
Il fit remonter les policiers au rez-de-chaussée en se vantant des revenus qu'il allait retirer de sa découverte.
– Déjà, je vais recevoir une aide financière du Conseil général pour assurer la conservation de la fresque, puis je vais organiser des visites et je pourrai même…
– Vous ne pourrez rien du tout, Paulinus ! le coupa l'inspecteur.
Je n'ai rien pu faire contre vous lors de vos dernières escroqueries, mais là, vous envisagez de toucher indûment de l'argent public et cela tombe sous le coup de la loi. Votre compte est bon, Paulinus !
– Il faudrait encore prouver que ma fresque est un faux, sourit l'escroc…
– Oh, cela ne sera pas difficile, ricana Laloupe.
Et je sais déjà comment je vais m'y prendre !

Que va faire l'inspecteur ?

Futoshiki

En vous aidant des indices, remplissez les cases vides de la grille pour que, sur chaque ligne et dans chaque colonne, n'apparaisse qu'une fois chacun des chiffres de 1 à 6.
Les signes < (plus petit que) et > (plus grand que) vous renseignent sur les chiffres des cases voisines.

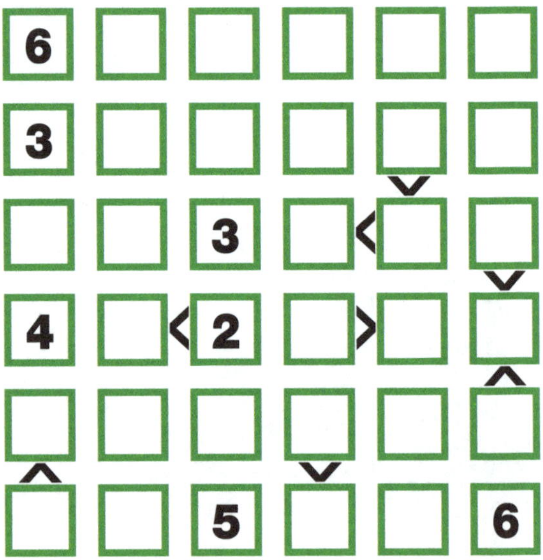

Suite logique

Roberto le magicien peut faire surgir de son coffre autant d'objets qu'il le veut. Enfin presque, car, malgré les apparences, ce qu'il sort de son coffre répond à une certaine logique. Trouvez combien d'objets Roberto devrait sortir de son sixième coffre.

Premier coffre – 1 lapin et 1 clé.

Deuxième coffre – 2 lapins, 1 fleur et 1 dé.

Troisième coffre – 2 lapins, 2 fleurs et 1 foulard.

Quatrième coffre – 1 lapin, 3 dés et 2 foulards.

Cinquième coffre – 2 dés et 2 foulards.

Les escrocs

Ils sont voleurs, menteurs, malhonnêtes... mais si séduisants que vous les connaissez tous !

1 Quel chapeau de légende portait Al Capone ?
Un panama ou un Borsalino ?

2 Qui surnomma-t-on « la banquière des Années folles » ?
Cassie Chadwick ou Marthe Hanau ?

3 Quel escroc américain, formidable faussaire, a été, tour à tour, pilote de ligne, avocat, médecin et employé du FBI ?
John Dillinger ou Frank Abagnale ?

4 Quel escroc de la finance a mis au point la « technique de la pyramide » ?
Charles Ponzi ou Bernard Madoff ?

5 Quelle était la spécialité de Clyde Barrow ?
L'attaque des convois de chemin de fer ou le braquage de banques ?

6 Qui était Salvatore Lucania ?
Al Capone ou Lucky Luciano ?

7 Comment appelle-t-on la Mafia sicilienne ?
La Cosa Nostra ou la Camorra ?

8 Qui est Alain Delon dans le film *Borsalino* de Jacques Deray ?
François Capella ou Roch Siffredi ?

9 Quelle est la « profession » de Patrick Jane dans la série *Le Mentaliste* ?
Écrivain ou médium ?

10 Dans quoi lit-on l'avenir à l'aide de la capnomancie ?
Les oiseaux ou la fumée ?

Opération codée

Dans cette opération, chaque chiffre est remplacé par une lettre.
Trouvez la valeur de chaque lettre en vous aidant des indices.
Aucune lettre ne vaut 1.

```
    H I E R
+ F U T U R
-----------
  V E N I R
```

V = 7 U = 3 H = I = E =

R = F = N = T =

Ikonomos

Décodez ces rébus pour lire deux expressions qui appartiennent au vocabulaire des escrocs.

Le syndicat des voyants

Chaque année, le syndicat des voyants organise une assemblée générale pendant laquelle les adhérents élisent leur bureau. Quand les résultats sont proclamés, un banquet est organisé et les membres du bureau s'installent à la table d'honneur. Voici la table préparée à leur intention.

D'après les cartons posés devant les assiettes et d'après les indices, dites à quel poste chaque voyant a été élu.

Mme Irma sera assise à côté de M. Soleil.

Mlle Flora sera assise entre deux hommes.

Mme Luna est la secrétaire.

M. Emmanuel sera assis à côté de M. Soleil.

Mme Luna ne sera pas à la gauche du comte de St Marcol.

Sudoku

Remplissez toutes les cases vides pour que tous les chiffres, de 1 à 9, soient inscrits une seule fois horizontalement, verticalement et dans chaque carré de neuf cases.

8		3	4			9		7
		9	8				4	
4						3	8	1
3		2			7	8	1	
	1					2	7	
7	8	4			9		6	
9	4		7	3				6
2					4	7	3	5
					1		9	

L'intrus

Trouvez l'intrus parmi ces prénoms.

David

César

Alexandre

Clovis

Charles

Message codé

Déchiffrez ce code, sachant qu'il contient le mot POLICIERS.
Vous lirez alors une « maxime » du mafieux Lucky Luciano.

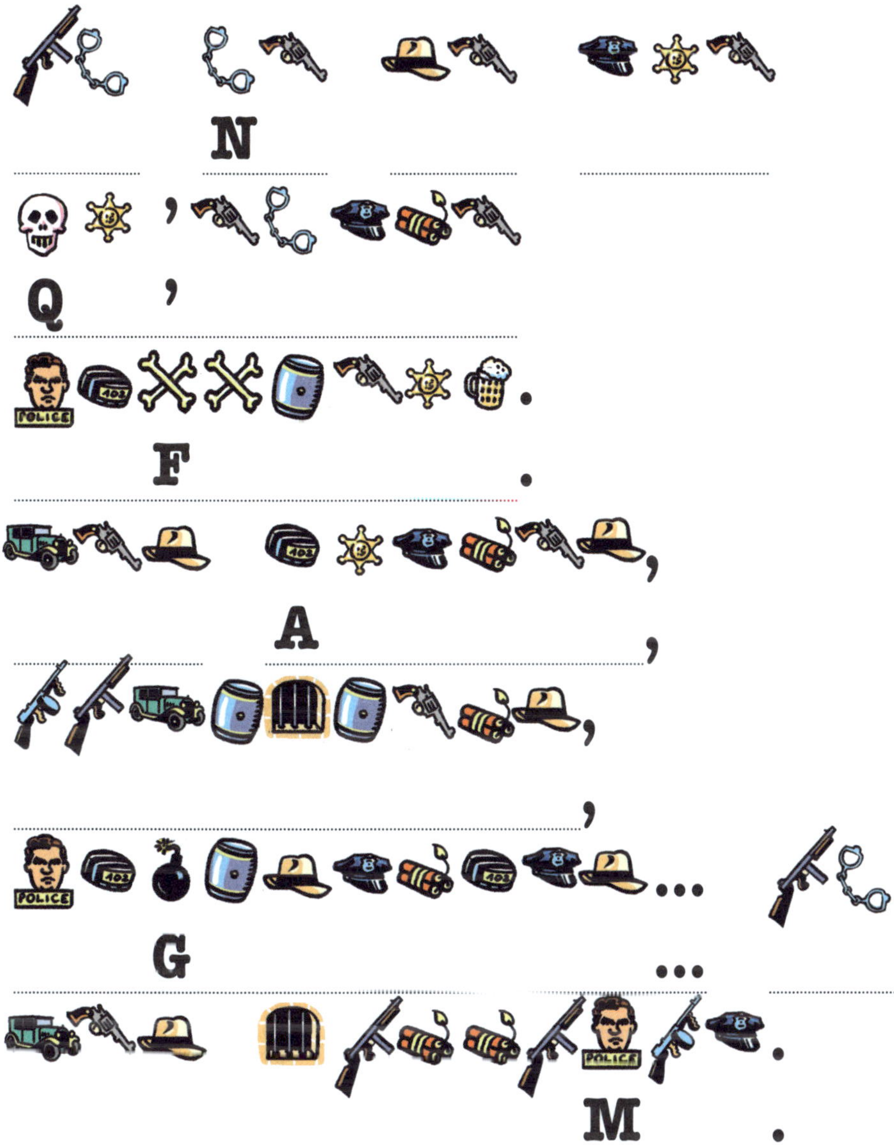

Le faussaire

Cet escroc propose un vieux grimoire dans une vente aux enchères.

Pour faire monter les prix, il explique que cet incunable a une valeur immense car, entre les pages 123 et 124, il a trouvé une lettre autographe de Voltaire.

Le commissaire-priseur a des doutes.
Et vous ?

Carré magique

Quels nombres devez-vous écrire dans les cases vides de cette grille pour que la somme des nombres inscrits sur chaque ligne, dans chaque colonne et les deux diagonales de ce carré soit 175 ?

7		32	40	23		15
	24	8	21	6	46	
20	4	47		38	22	14
	36	28	13	18		44
11	19	2	45		42	
43	35		25		16	3
26		17		49	34	39

Rébus

Déchiffrez ce rébus et vous lirez une belle définition de la voyance.

Énigme

Si vous êtes aussi fort(e) que le magicien, vous saurez dire quelles sont ces quatre cartes et dans quel ordre elles sont placées.

- **L'as se trouve juste à la droite du pique.**
- **Le carreau est plus éloigné du cœur que le cœur ne l'est du pique.**
- **Le roi est plus près du valet que l'as du roi.**
- **Le cœur est plus près du carreau que le trèfle du cœur.**
- **Le valet est plus éloigné du roi que le roi ne l'est de la dame.**

Solutions

pages 4-5

Enquête au parking

La voiture de Sammy est immatriculée BD 788 KT.
En effet, le journal au premier plan montre que la scène se déroule en 2012 puisqu'il évoque les J.O. à Londres (juillet-août 2012).
Or, en 2012, les voitures portaient une immatriculation commençant par un B ou un C. Aucune auto ne devrait alors avoir un numéro commençant par la lettre E. La plaque EN 654 GD est donc fausse.
En outre, les numéros minéralogiques n'utilisent pas toutes les lettres de l'alphabet. On n'y voit jamais de O (qu'on pourrait confondre avec le chiffre 0), de I (qu'on pourrait confondre avec le chiffre 1) ou de U (qu'on pourrait confondre avec la lettre V).
Les plaques AU 422 VT et 487 DOT 91 sont donc fausses également.

page 6

Soyons logiques !

Les durées correspondent à l'orthographe du nom des villes : 1 h par consonne et 10 min par voyelle.
Paris : 3 consonnes et 2 voyelles = 3 h 20.
Rouen : 2 consonnes et 3 voyelles = 2 h 30.
Sète : 2 consonnes et 2 voyelles = 2 h 20.
Caen : 2 consonnes et 2 voyelles = 2 h 20.
En partant à midi, j'arriverai à 14 h 20.

Futoshiki

1	4	5	3	6	2
4	1	3	6	2	5
6	2	4	1	5	3
5	3	6	2	4	1
3	6	2	5	1	4
2	5	1	4	3	6

page 7

Quiz

BY : Biélorussie. (Belize : BZ).
FL : Liechtenstein, pour Fürstentum Liechtenstein. (Finlande : FIN.)
RCH : Chili, pour République du Chili. (Chine, pour People's Republic of China : PRC.)
CH : Suisse, pour Confédération Helvétique. (Chypre : CY).
HN : Honduras. (Hongrie : H.)
ROU : Urugay, pour República Oriental del Urugay. (Roumanie : RO.)
DZ : Algérie, pour Al Djazaïr. (République tchèque : CZ.)
KN : Groenland, pour Kakaalit Nunaat. (Cambodge : K.)
ZA : Afrique du Sud, pour Zuid Africa. (Zambie : Z.)

Ikonomo

Six cylindres en ligne (6 CIL, INDRE en LIGNE).

page 8

Opération codée

4 302 × 4 = 17 208

Soyons logiques !

Le nombre de voitures est identique au numéro du département d'origine. Marseille étant située dans les Bouches-du-Rhône, on a compté 13 voitures venant de cette ville.

page 9

Itinéraire touristique

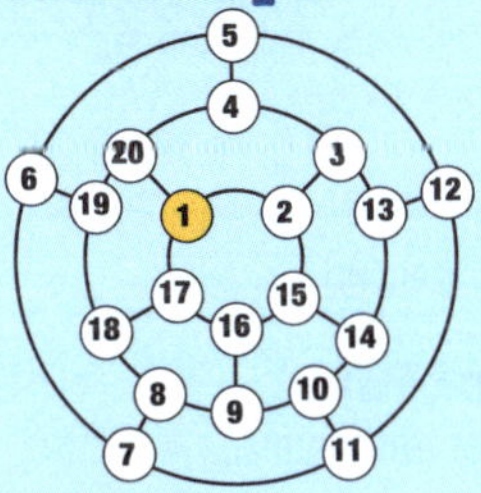

page 10

Sudoku

3	2	6	9	5	8	1	7	4
8	1	9	7	3	4	2	5	6
4	7	5	2	1	6	9	3	8
5	9	7	8	2	1	4	6	3
2	3	4	5	6	7	8	1	9
6	8	1	4	9	3	5	2	7
1	4	8	3	7	2	6	9	5
7	5	2	6	4	9	3	8	1
9	6	3	1	8	5	7	4	2

Chronoquiz

Ford T (1908), Traction avant (1934), Coccinelle (1938), 4 CV (1946), 2 CV (1948), DS 19 (1955), Clio (1990), Twingo (1993).

Solutions

page 11

Message codé

COMBIEN DE POINTS AVEZ-VOUS ENCORE SUR VOTRE PERMIS DE CONDUIRE ?

page 12

Déduction

page 13

Rébus

Route des vacances… qui fait de Paris… la banlieue de Saint-Paul-de-Vence. (roue - T'œufs - dé - VAC en skis - féé de Paris - la - banc - lieu - 2 saints - pôle - 2 V'anse.)

Énigme

C'est très simple !
Le premier jour, les Martin circuleront dans le 4 × 4, les Dubois dans la voiture et les Meunier dans la guimbarde.
Le deuxième jour, les Dubois circuleront dans le 4 × 4, les Meunier dans la voiture et les Martin dans la guimbarde.
Le troisième jour, les Meunier circuleront dans le 4 × 4, les Martin dans la voiture et les Dubois dans la guimbarde.
Ainsi, les Martin auront été deux fois mieux installés que les Dubois et une seule fois moins bien ; de même, les Dubois auront été deux fois mieux installés que les Meunier et une seule fois, moins bien ; enfin, les Meunier auront été deux fois mieux installés que les Martin et une seule fois moins bien.

pages 14-15

Parfaits alibis

L'attaque a eu lieu un mardi soir puisque nous sommes mercredi matin.
Le premier neveu a menti : il n'a pas pu aller au théâtre ce jour-là puisque l'affiche, sur le mur, montre que le théâtre fait relâche le mardi.

page 16

Les collections

1 - Des étiquettes de compagnies aériennes.
2 - Des images pieuses ajourées.
3 – Des cartes postales.
4 – Des pots de yaourts.
5 – Des trains électriques.
6 – Des factures.
7 – Des pierres.
8 – Des autocollants.
9 – Des drapeaux.
10 – Des paquets de cigarettes.

page 17

Qui est qui ?

De gauche à droite : un client à qui on a volé des bijoux, le philatéliste, un client à qui on a volé des documents, un client à qui on a volé des bijoux, un client à qui on a volé des documents et, enfin, le numismate.

Soyons logiques !

Le mot TROC est l'intrus. Il est le seul à ne pas appartenir au vocabulaire de la banque.

page 18

Pyramide

13 682
6 491 7 191
3 149 3 342 3 849
1 748 1 401 1 941 1 908
1 215 533 868 1073 835
805 410 123 745 328 507

Énigme

3 albums sont en vente :
- 1 album de timbres anglais ;
- 1 album de timbres datant d'avant 1914 ;
- 1 album de timbres oblitérés « premier jour ».

page 19

L'intrus

La topaze n'est pas considérée comme une pierre précieuse mais seulement comme une pierre fine.

Les pions

L'ARGENT NE FAIT PAS LE BONHEUR : RENDEZ-LE !

Solutions

page 20

Diagosudoku

B	Q	U	N	I	S	A	E	R
S	A	E	U	Q	R	I	N	B
I	R	N	A	B	E	Q	S	U
U	I	A	Q	S	N	R	B	E
E	S	R	B	U	A	N	Q	I
N	B	Q	R	E	I	S	U	A
R	U	B	S	A	Q	E	I	N
A	E	S	I	N	B	U	R	Q
Q	N	I	E	R	U	B	A	S

Ikonomos

– Le clou de la collection.
– Une collection incomplète.

page 21

L'album de timbres

page 22

Les collectionneurs

N	N	N	O	N	N	O	N	N	O	N	N
N	N	O	N	N	N	N	O	N	N	N	O
O	N	N	N	O	N	N	N	N	N	O	N
N	O	N	N	N	O	N	N	O	N	N	N
N	O	N	N	N	O	N	N				
N	N	N	O	N	N	O	N				
O	N	N	N	O	N	N	N				
N	N	O	N	N	N	N	O				
O	N	N	N								
N	O	N	N								
N	N	N	O								
N	N	O	N								

page 23

Rébus

J'ai une collection de coquillages que je disperse sur les plages du monde. Peut-être l'avez-vous vue ? (G - hune - col - HEK scie ON - 2 coqs - I - A - jeux - queue - J'œufs - 10 - PERSE sur LAIT - plat - jeux - DU - mont - 2 PEU - taie - TRE - lave - Ève - houx - VU.)

Énigme

Si vous avez répondu « 4 chaussures », vous vous êtes trompé(e). Cette réponse serait juste s'il s'agissait de chaussettes, mais les chaussures sont composées d'un pied droit et d'un pied gauche ; donc, pour trouver une paire assortie – et mettable – il faut piocher 12 chaussures. En effet, le carton contient 11 chaussures gauches et 11 chaussures droites : il faut donc en piocher 12 pour être sûr d'avoir au moins 1 paire complète.

pages 24-25

Tentative d'effraction

En effet, cambrioler un musée à 7 h du matin, deux heures avant l'ouverture, est plutôt étrange. À moins que le cambrioleur n'ait pensé qu'il était plus tôt...

C'est le gardien qui est coupable ; en effet, sa montre indique « 14 h 30 » alors qu'il est 15 h 30. Il a dû oublier le changement d'heure d'été. Il pensait donc qu'il était un peu moins de 6 h quand il est arrivé au musée ce matin-là, alors qu'il était déjà 7 h...

page 26

L'intrus

Toutatis est un dieu gaulois au milieu d'une liste de dieux égyptiens.

Futoshiki

5	3	1	2 <	4	6
1	2 <	3	6	5	4
3	5	2	4	6	1
6	1	4	3	2 <	5
	^				
4	6	5	1	3	2
2	4	6	5	1 <	3

page 27

Les chefs-d'œuvre

1 – Paul Gauguin.
2 – *La Joconde.*
3 – La déesse Niké.
4 – Eugène Delacroix.
5 – Jean Chalgrin.
6 – Pablo Picasso.
7 – Paul Cézanne.
8 Rudy Ricciotti.
9 – Léonard de Vinci.

Solutions

page 28

Opération codée

9 780 + 4 850 = 14 630

Les runes

Considérez les branches de ces runes comme les aiguilles d'une boussole ; celles qui pointent vers le nord, le sud-est et l'ouest sont fixes.
La quatrième aiguille marque successivement le nord-est, le nord-ouest et le sud-ouest.
Sur la prochaine rune, cette aiguille devra donc pointer vers le sud-est.

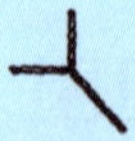

page 29

Le faussaire

page 30

Sudoku

1	6	8	9	7	5	4	2	3
4	3	7	8	6	2	1	5	9
9	5	2	1	3	4	7	6	8
6	8	4	3	9	1	2	7	5
5	7	9	4	2	8	3	1	6
3	2	1	7	5	6	9	8	4
2	4	3	6	8	7	5	9	1
8	1	5	2	4	9	6	3	7
7	9	6	5	1	3	8	4	2

Anagrammes

– *Mona Lisa.*
– *Le Sacre de Napoléon.*

page 31

Message codé

NON, MILO N'EST PAS LE SCULPTEUR QUI A RÉALISÉ CETTE STATUE !

page 32

Charade

La Dentellière de Vermeer (la - Dante - L - hier - deux - vert - mer).

Carré magique

29	38	5	27	18	14	44
25	21	9	43	31	40	6
45	33	41	4	28	16	8
7	23	15	10	47	34	39
12	48	32	42	2	22	17
37	1	24	19	13	46	35
20	11	49	30	36	3	26

page 33

Calcul romain

Le second visiteur a raison. En effet, le bloc de pierre est posé à l'envers.
Si on le retourne, on peut lire « X = I + IX » et l'opération est juste.

Rébus

L'art lave notre âme de la poussière du quotidien.
(lard - lave - note - rame - 2 LA - poux - scie - R - DU - cot - I dit 1.)

pages 34-35

Le concert

Eh oui, Tristan est très amoureux de Cynthia et il n'a pas supporté de recevoir une lettre de rupture de sa violoniste préférée.
Pour se venger, il l'a enlevée et mise en lieu sûr le jour de la première.
Elle ne serait pas la star ce soir-là !
L'inspecteur l'a compris en voyant que le brouillon de la lettre de rupture, sur la table, était écrit sur le même papier rose que l'enveloppe qui dépasse de la poche du jeune homme.

Solutions

page 36

Fausses notes ?

1. Beethoven.
2. Gilbert Bécaud.
3. Genesis.
4. Gioacchino Rossini.
5. 4 noires.
6. Le soprano.
7. Ray Charles.
8. Polonaise.
9. Le métronome.
10. Belge.

page 37

Qui est qui ?

De gauche à droite :
Pauline (guitare),
Francis (chant),
Tom (batterie),
Nat (chant),
Greg (piano).

La partition

Les notes se suivent, par groupe de 3, dans l'ordre de la gamme : seul le nombre d'intervalles varie :
do (+ 3) fa (+ 2) la ;
ré (+ 3) sol (+ 2) si ;
la troisième suite, qui commence par un mi, doit se poursuivre avec un la.
En outre, les notes sont successivement :
blanche, noire, croche et double croche.
La note suivante doit donc être une double croche.

page 38

Les places réservées

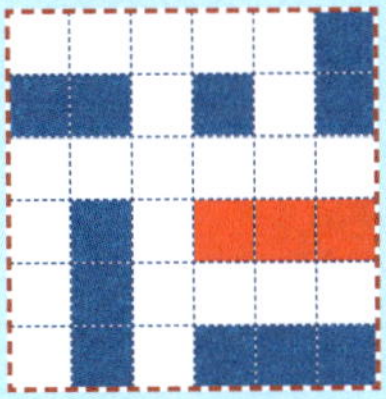

page 39

Les pions

LA MUSIQUE,
C'EST DU BRUIT QUI PENSE.

L'intrus

Le luth n'est pas un instrument à vent.

page 40

Diagosudoku

B	T	O	A	I	J	N	E	S
J	A	I	E	N	S	T	B	O
S	E	N	B	T	O	J	I	A
T	I	E	J	S	B	O	A	N
N	B	S	T	O	A	E	J	I
A	O	J	N	E	I	B	S	T
E	J	T	I	A	N	S	O	B
O	N	A	S	B	E	I	T	J
I	S	B	O	J	T	A	N	E

Ikonomos

– *C'est extra* (7 EXTRA), de Léo Ferré.
– *Le Petit Bonheur*, de Félix Leclerc.

page 41

Les violons

page 42

Suite logique

Vous avez reconnu la liste des dièses :
fa, do, sol, ré, la, mi, si.
Tous les prénoms commencent par ces notes.
Il manque donc un prénom commençant par ré :
Rémi, Régis...

Pyramide

1 223
603 620
279 324 296
128 151 173 123
68 60 91 82 41
41 27 33 58 24 17

page 43

Qui dit vrai ?

Si deux étudiants ont raison, c'est que le premier morceau est de Schubert comme le disent le premier et le troisième.
Le second morceau est donc de Jean-Sébastien Bach.

Solutions

Rébus

Carmen de Bizet et *Les Noces de Figaro* de Mozart. (quart - men = hommes anglais - 2 Bl - Z'haie - aile - lait - N'os - 2 figues - gare - eau - 2 MO - Z'are.)

pages 44-45

Vol au camping

La photo prise par le campeur n'est pas de bonne qualité, mais elle permet quand même de voir que le conducteur de la voiture qui s'enfuit est assis sur le siège de droite. Laloupe en a conclu que la voiture était anglaise, et c'est sur John qu'il a donc reporté tous ses soupçons.

page 46

Chronoquiz

Grèce en 2001,
Slovénie en 2007,
Chypre et Malte en 2008,
Slovaquie en 2009,
Estonie en 2011
et Lettonie en 2014.

Futoshiki

2	4	6	5	1	3
4	5	3	6	2	1
5	1	4	3	6	2
3	6	1	2	5	4
1	2	5	4	3	6
6	3	2	1	4	5

page 47

Délices régionaux

1 – Normandie.
2 – Les courgettes.
3 – Corse.
4 – Lyon.
5 – Douarnenez.
6 – La praline.
7 – Bourgogne.
8 – Le chicon.
9 – Marseille.
10 – Quiberon.

page 48

Opération codée

4 516 + 8 420 = 12 936

Ikonomos

– Bourg-en-Bresse (BOURG en BRESSE).
– Bar-sur-Aube (BAR sur AUBE).

page 49

Fâcheries

page 50

Sudoku

7	1	2	4	5	9	6	3	8
3	8	5	6	7	2	9	1	4
9	6	4	1	8	3	5	7	2
6	4	3	5	9	1	2	8	7
8	5	7	2	4	6	1	9	3
1	2	9	7	3	8	4	5	6
4	7	6	3	1	5	8	2	9
5	3	8	9	2	4	7	6	1
2	9	1	8	6	7	3	4	5

Moitié-moitié

Vrai : 1 et 3.
Faux : 2 (Robert Surcouf est originaire de Saint-Malo) et 4 (*La Blanche Hermine* a été composée par Gilles Servat).

page 51

Message codé

LES ITALIENS SONT DES FRANÇAIS DE BONNE HUMEUR.

page 52

Déduction

page 53

Rébus

L'Europe est un État composé de plusieurs provinces. (l'heure - rot - pet - T'1 - nez - tas - KON - pot - Z'haie - 2 + - I - heure - P'rot - vin - C'œufs.)

Les anagrammes

Marseille, Sartène, Calvi, Bastia, Lorient, Cannes.

Solutions

pages 54-55

La plage du mystère

Laloupe a tout de suite compris que les deux séries de traces de pas n'appartenaient pas à la même personne. Il s'est dit que ces deux personnes s'étaient, sans doute, retrouvées sur la plage mais que la mer, en montant, avait effacé la partie des traces qui témoignait de cette rencontre.
Il imagine donc que le neveu a sans doute bel et bien volé les bijoux et qu'il est venu, avec son butin, sur la plage où l'attendait un complice à bord d'un bateau.
Le neveu est monté dans ce bateau et est parti vers le large. Le complice, quant à lui, une fois descendu du bateau, est parti à pied vers la pinède afin de rentrer chez lui.

page 56

« Ohé ! du bateau »

1 – En nœuds
2 – Le lapin
3 – Le nœud plat
4 – La mer Tyrrhénienne
5 – L'*Amoco Cadiz*
6 – ...--- ...
7 – Une forte marée
8 – La Route du Rhum
9 – Les îles de Lérins
10 – La mer de Corail

page 57

Les marins

On sait qu'un seul marin dit la vérité.
Si Alex disait vrai, Boris serait cuisinier mais dans ce cas, ce dernier dirait la vérité. Or, on sait qu'un seul marin dit vrai. On en déduit qu'Alex ne dit pas la vérité et que Boris n'est pas cuisinier.
Puisque Boris ment, il n'est pas cuisinier et Carl n'est pas radio.
Si Carl n'est pas radio, c'est qu'il ment aussi.
Il ne reste que David qui dit la vérité et qui est bien infirmier.
Il sera très utile à bord de *La Franchise* !

Ikonomos

– *Abyss* (A bis).
– *Calme blanc.*

page 58

La marina

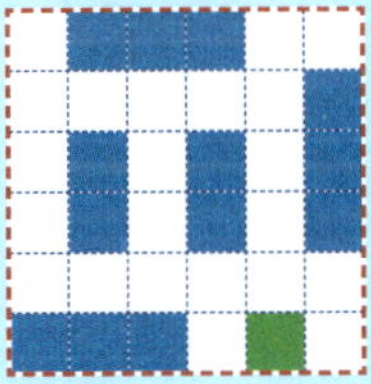

L'intrus

L'intrus est *La Confiance*, seul navire de la liste à ne pas avoir fait naufrage.

page 59

Moitié-moitié

Vrai : 1 et 3.
Faux : 2 (c'est Alain Colas qui est mort au large des Açores ; Éric Tabarly est mort en mer d'Irlande) et 4 (c'est Éric Tabarly qui naviguait sur *Pen-Duick*).

Les pions

HOMME LIBRE, TOUJOURS TU CHÉRIRAS LA MER.

page 60

Diagosudoku

L	U	S	O	G	A	E	N	T
G	A	T	E	U	N	L	S	O
E	O	N	S	L	T	U	A	G
O	E	L	G	A	S	T	U	N
T	G	U	N	O	L	A	E	S
S	N	A	T	E	U	G	O	L
A	T	O	L	N	E	S	G	U
N	L	E	U	S	G	O	T	A
U	S	G	A	T	O	N	L	E

Puzzle

FRANCE
HIMALAYA
IMPERATOR
LUSITANIA
MAJESTIC
PRESIDENT
TITANIC

page 61

Les grues

Si 3 moteurs et 1 caisse pèsent autant que 12 barils et que 1 caisse pèse autant que 1 moteur et 8 barils, on pourrait remplacer

Solutions

la caisse de la première grue par 1 moteur et 8 barils.
On peut en conclure que 4 moteurs et 8 barils pèsent autant que 12 barils ; donc 4 moteurs pèsent autant que 4 barils.
Et si une caisse pèse autant que 1 moteur et 8 barils, elle pèsera autant que 9 barils.

page 62

Les pêcheurs

N	N	O	N	N	O	N	N	N	N	O	N
N	O	N	N	N	N	O	N	N	O	N	N
O	N	N	N	O	N	N	N	N	N	N	O
N	N	N	O	N	N	N	O	O	N	N	N
N	N	N	O	N	N	N	O				
N	O	N	N	N	N	O	N				
N	N	O	N	N	O	N	N				
O	N	N	N	O	N	N	N				
O	N	N	N								
N	N	O	N								
N	O	N	N								
N	N	N	O								

page 63

Rébus

« Quand la mer monte, j'ai honte, j'ai honte. Quand elle descend, je l'attends. »
(camp - lame - R - mont - T'œufs - geai - ON - T'œufs - geai, - ON - T'œufs - K'an - T'aile - dé - sang - jeux - la - temps.)

Les croisières

Si 57 touristes voyagent sur le premier ou le deuxième bateau et 56 sur le troisième et le quatrième, ils sont donc 113 (57 + 56) au total à voyager sur les quatre premiers bateaux. Donc, sur le cinquième, ils sont 22 (135 – 113).
Il est maintenant facile de calculer que 50 touristes voyagent sur le quatrième bateau (72 – 22), 6 sur le troisième (56 – 50), 54 sur le deuxième (60 – 6) et 3 sur le premier (57 – 54). C'est donc le deuxième bateau qui transporte le plus de passagers et le premier qui en transporte le moins.

pages 64-65

Le tableau volé

Laloupe a bien remarqué les traces profondes creusées par une voiture démarrant très vite sur la pelouse, mais il a aperçu aussi des traces plus discrètes : des mottes de terre arrachées par ce démarrage et laissées sur la route. Ces traces montrent que le véhicule a bifurqué vers l'ouest.
M. Delapierre n'a donc pas pu être ébloui par le soleil levant en regardant fuir cette voiture puisqu'elle tournait le dos au soleil qui venait de se lever à l'est.
Laloupe en a déduit que la pseudo-victime avait organisé un faux cambriolage, sans doute pour escroquer son assurance !

page 66

Futoshiki

4	6	2	3	5	1
5	2	1	4	6	3
3	4	5	6	1	2
2	1	6	5	3	4
6	3	4	1	2	5
1	5	3	2	4	6

L'intrus

L'intrus est Vénus, qui n'est pas une planète naine comme les autres planètes de la liste.

page 67

Ciel ! un quiz

1 – 8.
2 – Neptune.
3 – Vénus.
4 – 4,6 milliards d'années.
5 – 29,5 jours.
6 – En 1972.
7 – 88.
8 – Un astronaute chinois.
9 – Albert Einstein.
10 – Dans l'hémisphère Nord.

page 68

Opération codée

9 753 + 16 803 = 25 556.

Ikonomos

– Le soleil dans les yeux.
– Les pieds sur Terre.

Solutions

page 69

Les jumelles

page 70

Sudoku

2	8	3	1	9	4	5	7	6
1	5	4	2	7	6	9	3	8
7	9	6	8	5	3	4	2	1
3	6	7	9	8	2	1	5	4
8	1	9	7	4	5	3	6	2
5	4	2	3	6	1	7	8	9
9	2	5	6	1	7	8	4	3
6	7	1	4	3	8	2	9	5
4	3	8	5	2	9	6	1	7

Suite logique

Uranus.
La suite indique la liste des planètes du système solaire de la plus proche du Soleil à la plus éloignée, en en sautant une à chaque fois.

page 71

Message codé

IL Y A PLUS DE CHOSES DANS LE CIEL ET SUR LA TERRE QUE N'EN RÊVE VOTRE PHILOSOPHIE.

page 72

Puzzle

Hercule
Pégase
Cassiopée
Andromède
Orion
Céphée

Carré magique

48	39	3	35	19	9	22
33	16	8	27	46	38	7
25	45	42	5	30	15	13
2	29	20	11	24	49	40
10	28	47	37	1	34	18
36	6	32	17	14	26	44
21	12	23	43	41	4	31

page 73

Rébus

Dans l'espace, personne ne vous entendra crier.
(dent - laisse - pas - S'œufs - PER sonne - nœud - V'houx - Z'an - temps - drap - cri - haie).

Énigme

Si l'on note S1 la distance parcourue la première semaine, S2, la distance parcourue la deuxième semaine est égale à :
S1 + 6 000 000.
S3, la distance parcourue la troisième semaine, est égale à S1 + (2 × 6 000 000), etc.
Au total, 100 000 000 = (S1 × 5) + (6 000 000) + (2 × 6 000 000) + (3 × 6 000 000) + (4 × 6 000 000).
100 000 000 = (S1 × 5) + (10 × 6 000 000) = (S1 × 5) + 60 000 000.
Donc, S1 × 5 = 100 000 000 – 60 000 000 = 40 000 000, et S1 = 8 000 000 km.

pages 74-75

Laloupe en vacances

L'inspecteur a tout de suite repéré les éléments qui n'ont pas leur place dans un château médiéval : un portrait d'Henri IV, un tableau et un tapis modernes, des spots, une fenêtre en PVC, la tringle en plastique bleu, le tabouret Tamtam et un fauteuil Voltaire.

page 76

Grands monuments

1 – Le Colisée.
2 – Le château de Chenonceau.
3 – À Athènes.
4 – Le musée du Louvre.
5 – Voltaire.
6 – Isis.
7 – Mexico.
8 – Walter Gropius.
9 – François Ier.
10 – Frank Gehry.

page 77

Qui est qui ?

Burj Khalifa, 808 m.
CN Tower, 553 m.
Taipei 101, 508 m.

Solutions

Petronas Tower, 452 m.
Empire State Building, 448 m.
Tour Eiffel, 324 m.
Big Ben, 96 m.

Le temple grec

page 78

Le chantier

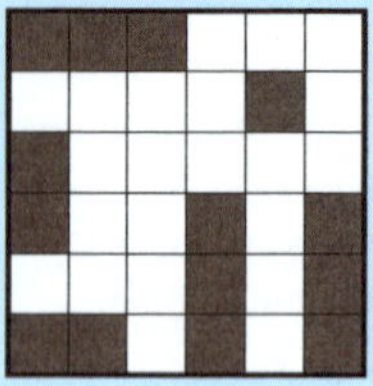

Les plantations

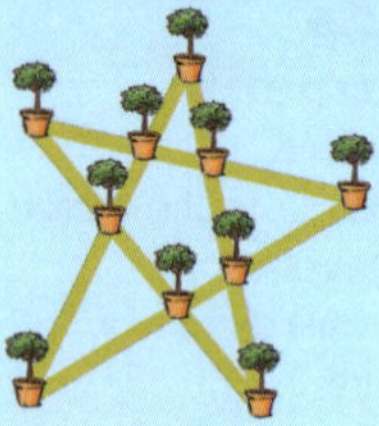

page 79

Moitié-moitié

Vrai : 1 et 2.
Faux : 3
(la comète de Halley a une période d'environ 76 ans) et 4 (c'est Copernic qui défendait l'héliocentrisme).

Les pions

DONNEZ-MOI UN MUSÉE
ET JE LE REMPLIRAI.

page 80

Diagosudoku

G	E	U	I	Q	H	T	S	O
Q	O	H	S	E	T	G	U	I
S	I	T	U	O	G	E	H	Q
O	Q	G	H	T	U	S	I	E
H	T	S	E	I	O	Q	G	U
E	U	I	G	S	Q	H	O	T
I	S	O	Q	G	E	U	T	H
T	H	Q	O	U	S	I	E	G
U	G	E	T	H	I	O	Q	S

L'intrus

Le château de Cheverny est l'intrus.
Il est situé dans le département du Loir-et-Cher et non dans celui d'Indre-et-Loire comme les quatre autres.

page 81

Les jumelles

page 82

Charade

La Maison radieuse (lame - aise - on - radis - œufs - the).

Pyramide

1 789
812 977
380 432 545
192 188 244 301
105 87 101 143 158
57 48 39 62 81 77

page 83

Rébus

Dans tous les cas, le travail durera plus que prévu et la facture sera plus salée que le devis.
(dent - T'houx - lait - K - L'œufs - T'rat - V'ail - DUR - œufs - rat - plus - queue - pré - vue - aile - A - fac - T'hure - S'œufs - rat plus - S'allée - queue - L'œufs - 2 VI.)

Chronoquiz

Léonard de Vinci,
Pierre Lescot,
Louis Le Vau,
Alexandre-Théodore Brongniart,
Eugène Viollet-le-Duc,
Frank Lloyd Wright.

pages 84-85

Un alibi pas très net

Les photos postées sur Facebook à l'heure du cambriolage font tomber l'alibi de Jack : on ne trouve pas beaucoup d'oliviers et de tuiles romaines en Alsace...

Solutions

page 86

Futoshiki

3	4 <	6	1	5	2
4	5	2	3	6	1
2	3	1	5	4	6
6 >	2	5 (v)	4	1	3
5 >	1	3	6	(^) 2	4
1	6	4	2	3	5

L'intrus

L'intrus est *flyer*. Ce n'est pas un verbe comme les autres mots de la liste et il n'est pas emprunté au vocabulaire des *geeks* et des *gamers*.
Kicker = exclure quelqu'un d'un jeu.
Poker = faire un clin d'œil, sur un réseau.
Boguer = ne pas fonctionner correctement.
Spoiler = raconter la fin d'un livre, d'un film...
Poutrer = dézinguer, écharper, battre à plate couture.

page 87

Spécial *geeks*

1 – Le clavier QUERTZ
2 – Ctrl A
3 – Un Massively Multiplayer Online Role Playing Game
4 – Twitter
5 – À Mon Humble Avis
6 – *As Soon As Possible* (« dès que possible »)
7 – *Laughing Out Loud*, l'équivalent en français de MDR (Mort De Rire).
8 – Le *Cloud*
9 – Linkedin
10 – Une photo qu'on prend et qu'on partage sur Internet.

page 88

Opération codée

793 + 5 426 = 6 219

Moitié-moitié

Vrai : 3 et 4.
Faux : 1 (Antonio Meucci est désormais reconnu comme l'inventeur du téléphone) et 2 (le jeu *Pong* s'inspire du tennis de table).

page 89

Quel fouillis !

Le disque dur vert n'est pas branché.

page 90

Sudoku

6	4	9	2	1	7	5	3	8
8	7	1	5	3	9	6	2	4
3	5	2	8	4	6	9	1	7
5	8	6	7	2	3	4	9	1
2	3	4	9	8	1	7	6	5
1	9	7	4	6	5	2	8	3
9	6	5	3	7	8	1	4	2
4	1	8	6	5	2	3	7	9
7	2	3	1	9	4	8	5	6

Sur les réseaux sociaux

Mcgahobbit. On sait que c'est une fille qui a le plus de *followers* ; ce n'est donc pas Superpuppet qui est un garçon.
On sait qu'elle n'a ni frère ni sœur ; ce n'est donc pas Minihulk qui a un frère.

page 91

Message codé

L'INTERFACE QUI POSE UN PROBLÈME SE SITUE PRESQUE TOUJOURS ENTRE LE CLAVIER ET LA CHAISE.

page 92

Déduction

page 93

Rébus

Je choisirai un homme paresseux pour faire un travail difficile car il trouvera un moyen facile de le faire.
(jeux - Ch ! - ouah - ZI - raie - 1 - no - meuh - part - S, œufs - P'houx'R - fer - 1 - TRAV'ail - 10 FIS - cils - car - île - trou - V'œufs - rat - 1 - mois, I - 1 - fa - cils - 2 LE - fer).

Charade

Internaute (interne - hôte).

pages 94-95

La tante à héritage

Les neveux n'ont pas remarqué, sous les détritus et les platras, un superbe tapis ancien qui doit valoir une fortune.

Solutions

page 96

Grands voyages

1 – L'Utah.
2 – Brasília.
3 – L'Autriche.
4 – Rabat.
5 – Florence.
6 – Au Portugal.
7 – En Chine.
8 – Le Danube.
9 – Le fleuve Amour.
10 – *Xie xie.*

page 97

Les valises

La première valise à droite appartient à Pierre, le mari de Martine.
La deuxième valise appartient à Alain, le mari de Myriam.
La troisième valise appartient à Éric, le mari de Catherine.

Chronoquiz

Marco Polo
Fernand Magellan
Jacques Cartier
James Cook
Roald Amundsen

pages 98

Le port de Shanghai

L'intruse

Lanzarote est la seule île à ne pas se trouver en mer Méditerranée.

page 99

Puzzle

PESO, DOLLAR, YUAN, LIVRE, EURO, DINAR, PATACA, SHEKEL, ROUBLE, ROUPIE.

Les pions

– LES SEPT VOYAGES
– DE SINDBAD LE MARIN.

page 100

Charade

Les voyages forment la jeunesse.
(lève - oie - ja - jeux - forme - l'âge - Ness.)

Diagosudoku

F	E	L	O	T	R	M	I	A
T	O	M	I	E	A	R	F	L
A	I	R	L	F	M	E	O	T
E	L	O	M	I	T	F	A	R
I	R	T	F	A	E	L	M	O
M	A	F	R	O	L	T	E	I
R	T	A	E	M	O	I	L	F
L	F	E	A	R	I	O	T	M
O	M	I	T	L	F	A	R	E

page 101

Les voyages d'Anatole

2013 : Burkina Faso (sanza) ;
2014 : Japon (chat porte- bonheur) ;
2015 : Chine (dragon) ;
2016 : Australie (boomerang et *didjeridoo*) ;
2017 : Inde (statuette du dieu Ganesh) ;
2018 : Afrique du Sud (*Vuvuzela*) ;
2019 : Égypte (statuette d'Aménophis IV et scarabée) ;
2020 : Mexique (crâne décoré) ;
2021 : Grande-Bretagne (statuette de la reine Élisabeth II) ;
2022 : Maroc (théière).

page 102

Les voyageurs

O	N	N	N	O	N	N	N	N	O	N	N
N	N	O	N	N	N	N	O	N	N	O	N
N	O	N	N	N	O	N	N	O	N	N	N
N	N	N	O	N	N	O	N	N	N	N	O
N	O	N	N	N	O	N	N				
O	N	N	N	O	N	N	N				
N	N	O	N	N	N	N	O				
N	N	N	O	N	N	O	N				
O	N	N	N								
N	O	N	N								
N	N	N	O								
N	N	O	N								

page 103

Rébus

Christophe Colomb pensait arriver en Chine et il paraît que c'est moi qui suis nul en géographie !
(Christ - OFF - col - ON - pan - S'haie - A - riz - V - hanche - IN - É - île - part - haie - queue - sème - houx - A - *kiss* - UI - nul - ange ê - ogre - A - phi.)

Solutions

Les chambres d'hôtel

Il n'y a que trois façons d'obtenir 36 en multipliant 3 chiffres sans utiliser le 1 : 2 × 2 × 9, 3 × 3 × 4 et 2 × 3 × 6. Les 3 chambres ayant toutes des numéros différents, nos compères ont choisi les chambres 2, 3 et 6.

pages 104-105

Abus de confiance

Pour l'inspecteur Laloupe, il est évident que la fresque n'est pas d'époque ; il a tout de suite remarqué que les ouvriers s'affairaient à construire un château fort auprès d'un portail d'église gothique nettement postérieure. Mais surtout, la présence d'une bétonnière moderne ne peut pas s'expliquer sur une fresque ancienne.

page 106

Futoshiki

6	3	1	5	4	2
3	5	4	2	6	1
5	6	3	1	2	4
4	1	2	6	5	3
1	2	6	4	3	5
2	4	5	3	1	6

Suite logique

Roberto sort de chaque coffre autant d'objets qu'il y a de lettres dans son numéro : UN = 2 lettres, 2 objets ; DEUX = 4 lettres, 4 objets... Donc, il sortira 3 objets du coffre numéro SIX.

page 107

Les escrocs

1 – Un Borsalino.
2 – Marthe Hanau.
3 – Frank Abagnale.
4 – Charles Ponzi.
5 – Le braquage de banques.
6 – Lucky Luciano.
7 – La Cosa Nostra.
8 – Roch Siffredi.
9 – Médium.
10 – La fumée.

page 108

Opération codée

8 520 + 63 930 = 72 450.

Ikonomos

– Monte-en-l'air.
– Carambouille.

page 109

Le syndicat des voyants

Mme Luna – secrétaire.
Le comte de St-Marcel – trésorier.
Mlle Flora – secrétaire adjointe.
M. Emmanuel – président.
M. Soleil – vice-président.
Mme Irma – trésorière adjointe.

page 110

Sudoku

8	2	3	4	1	6	9	5	7
1	5	9	8	7	3	6	4	2
4	7	6	5	9	2	3	8	1
3	9	2	6	5	7	8	1	4
6	1	5	3	4	8	2	7	9
7	8	4	1	2	9	5	6	3
9	4	8	7	3	5	1	2	6
2	6	1	9	8	4	7	3	5
5	3	7	2	6	1	4	9	8

L'intrus

L'intrus est Clovis, qui n'est pas, comme les quatre autres, le prénom d'un des rois du jeu de cartes français.

page 111

Message codé

ON NE SE TUE QU'ENTRE MAFIEUX. LES AUTRES, POLICIERS, MAGISTRATS... ON LES CORROMPT.

page 112

Le faussaire

Les pages 123 et 124 d'un livre sont au recto et au verso d'une même feuille. On ne peut donc rien trouver entre elles.

Carré magique

7	48	32	40	23	10	15
37	24	8	21	6	46	33
20	4	47	30	38	22	14
31	36	28	13	18	5	44
11	19	2	45	29	42	27
43	35	41	25	12	16	3
26	9	17	1	49	34	39

page 113

Rébus

Pour réaliser une vraie voyance, il faut un escroc et un imbécile.
(poux'R - ré - A - lit - Z'haie - hune - V'raie - voie - I - anse - île - faux - Hun - S - crocs - É - 1 - nain - B - cils.)

Énigme

D'après la troisième indication : le valet se trouve entre le roi et l'as (R-V-A ou A-V-R).
D'après la cinquième indication : le valet n'est pas à côté du roi ; c'est que la dame est entre eux (R-D-V-A ou A-V-D-R).
D'après la deuxième indication : le pique se trouve entre le cœur et le carreau (cœur-pique-carreau ou carreau-pique-cœur).
D'après la quatrième indication : le carreau se trouve entre le pique et le trèfle (cœur-pique-carreau-trèfle ou trèfle-carreau-pique-cœur).
D'après la première indication : l'as est à droite du pique ; on peut donc éliminer la solution où l'as est à gauche et celle où le pique est le deuxième en partant de la gauche.
La bonne répartition est donc : R-D-V de pique-A.
Les quatre cartes sont alors : R de trèfle-D de carreau-V de pique-A de cœur.